Elke Pfesdorf

Das Phantom der schwimmenden Schule

SCM

SCM

Stiftung Christliche Medien

Der SCM Verlag ist eine Gesellschaft der Stiftung Christliche Medien, einer gemeinnützigen Stiftung, die sich für die Förderung und Verbreitung christlicher Bücher, Zeitschriften, Filme und Musik einsetzt.

FSC www.fsc.org MIX Papier aus verantwortungsvollen Quellen FSC® C083411

Internet: www.scm-verlag.de; E-Mail: info@scm-verlag.de

Die Bibelverse sind folgender Ausgabe entnommen:
Das Buch. Neues Testament – übersetzt von Roland Werner.

Umschlaggestaltung und Satz: Katrin Schäder, Velbert
Coverillustration: Alfredo Belli, Rom
Druck und Bindung: CPI books GmbH, Leck
Gedruckt in Deutschland

ISBN 978-3-417-28750-9
Bestell-Nr. 228.750

Inhalt

Danke und „Immer eine Handbreit Wasser unter

dem Kiel“ an meine Männer

und an das Team des SCM-Verlags.

1. Vollmond und Konfetti

„Los! Sofort mitkommen!“, zischt eine Stimme gefährlich nah an Silas’ Ohr. Seine Bettdecke fliegt durch die *Kabine*, das Kopfkissen landet auf dem Schreibtisch unter den beiden *Bullaugen*.

Silas blinzelt, denn ein grelles rundes Licht blendet ihn. „He! Was soll das?!“, murmelt er schläfrig.

Vor seiner *Koje* stehen vier Jungen. Sie warten nicht länger, sondern zerren Silas von der Matratze. Ehe er richtig wach ist, haben sie ihn gepackt und ziehen ihm etwas über den Kopf.

Silas rudert mit den Armen und will einen Boxhieb landen. Doch bevor er einen Treffer verbuchen kann, zwängen die Jungen ihn in eine starre Weste. Der strenge Geruch von Plastik steigt Silas in die Nase.

„Eine Schwimmweste. Sie haben mich in eine Schwimmweste gepackt!“, vermutet er. Sehen kann er nichts. Ein Gurt zieht sich straff um seinen Bauch, ein Verschluss klickt.

„Lasst mich los! Hört sofort auf!“, brüllt Silas und tritt um sich. Sein Fuß berührt etwas Weiches, das ihn an der Sohle kitzelt. Dann stößt er mit dem großen Zeh gegen den Koffer, den er mitten in der Kabine auf dem Teppich stehen gelassen hat.

Mit einem lauten Knall fällt das große Ding um. All die Sachen, die Silas bisher nicht in den Schrank geräumt hat, purzeln über den Boden.

Den anderen ist das egal. Sie schieben ihr Opfer durch die Tür und anschließend den engen Gang entlang.

Silas stolpert. Er will nicht mitgehen, doch die vier Angreifer lassen ihm keine Wahl. Er kann nicht davonlaufen, weil sie seine Arme festhalten.

Schließlich streift ein kühler Windhauch seine Beine. Und als er blind einige steile Stufen erklimmen muss, weiß er, dass sie draußen unter dem dunklen Nachthimmel stehen.

„Was haben die mit mir vor?!“, zuckt ein Gedanke wie ein flüchtiger Blitz durch sein Hirn.

„Schwimmweste: Wasser!“, kracht der Donner einen Vorschlag hinterher.

Silas ist jetzt komplett wach. Und er hat Angst. Angst vor den anderen Schülern, die er noch nicht kennt. Und er fürchtet sich vor dem, was gleich passieren wird.

„Was mache ich bloß? Wie komme ich aus dieser Nummer heraus?“, stöhnt er. Anscheinend hat er das laut gesagt, denn er bekommt Antwort.

„Gar nicht!“, kichert ein Mädchen.

Wo kommt die denn plötzlich her? Sind etwa noch mehr Mitschüler auf das Deck des Schiffes geklettert?

Silas spürt die glatten Holzplanken unter seinen Füßen. Sie scheinen am Heck zu stehen. Also am halbrunden Hinterteil des Schiffes, wo die *Ankerwinde* ist und einige Bänke stehen. Silas schwitzt unter der seltsamen Kopfbedeckung und in der Plastikjacke. Sein Rücken ist feucht, aber seine Knie schlottern. Er spürt, wie Gänsehaut die kleinen Härchen an seinen Armen aufrichtet.

„Einsteigen!“ kommandiert jemand. „Fuß hoch!“ Stattdessen lässt sich Silas pfeilschnell auf den Boden fallen und wälzt sich nach rechts. Als Finger nach ihm greifen, zieht er die Beine an und schnellt wie eine Sprungfeder vorwärts.

„Ich muss ein freies Sichtfeld bekommen!“, denkt er und versucht, sich die Mütze vom Kopf zu ziehen. Endlich kann er wenigstens mit einem Auge erkennen, was hier los ist. Und hält abrupt in der Bewegung inne.

Um ihn herum stehen dicht an dicht jede Menge Schüler. Und alle schauen auf ihn herunter.

Silas wird heiß, sein Kopf wird knallrot. Mühsam krabbelt er auf die Füße und richtet sich auf. Er streicht sich das Haar aus der Stirn und beginnt, die schwarze Strickmütze nervös mit den Fingern zu kneten.

„Landratte Silas, du bist neu auf dem Motorschiff, der MS Lotse. Wir testen heute, in dieser Nacht unter dem Vollmond, deinen Mut!“, sagt eine Schülerin.

Silas weiß nicht, wie sie heißt. Es ist ihm auch egal. Er will zurück in sein Bett oder, noch besser, wieder zu seinen Eltern nach Kolumbien. Sie arbeiten dort als Missionare, und bis vor Kurzem hat Silas ebenfalls in diesem südamerikanischen Land gelebt.

Doch seine Mutter und sein Vater haben beschlossen, dass Silas nun auf eine Schule in Deutschland gehen soll. Und jetzt ist er seit zwei Tagen der neue Schüler im Schiffsinternat und wohnt auf der „Lotse“. Obwohl er das kein bisschen will.

Nebenan dümpelt das Motorschiff „Senfkorn“ im Wasser. Der weiße, vorne spitz zulaufende Umriss des Schiffes ragt in den dunklen Himmel. Kein Fenster, nicht ein Bullauge des

Nachbarschiffes ist erleuchtet. Dort schlafen alle Schüler und Lehrer des Internats friedlich in ihren Kojen.

„*Kielholen!* Lasst uns endlich anfangen! Ins Wasser mit der Landratte!“, zischt jemand in der Menge. Silas sieht, dass ein langes, zusammengerolltes Tau auf dem Boden liegt.

„Das ist nicht euer Ernst!“, flüstert er. Sie wollen ihm doch nicht das Seil um den Bauch binden und ihn unter dem Schiff hindurchtauchen lassen? Das war früher eine Strafe für Seeleute, die schlimme Fehler gemacht haben. Dabei kann man ertrinken!

Silas merkt, wie er zu zittern anfängt. Damit es keiner sieht, marschiert er mit eckigen Bewegungen ein Stück zurück. „Ich gehe jetzt!“, erklärt er heiser.

Doch die anderen lassen ihn nicht entkommen, sondern drängen ihn zur *Reling*, wie das Geländer heißt. Jemand befestigt das lange Tau an der Schwimmweste.

Silas wird übel. Ein saurer, ätzender Geschmack brodelt in seinem Rachen.

„Nein!“, brüllt alles in ihm. Aber kein Laut kommt über seine Lippen. Auch seine Arme haben jede Gegenwehr eingestellt. Alles an ihm fühlt sich an, als wäre es aus Pudding.

An der Reling ist eine Strickleiter befestigt, und nach einer barschen Aufforderung beginnt Silas, das schaukelnde Exemplar hinabzusteigen. Jeder Tritt wird zur Qual. Unten hat gerade ein Rettungsboot festgemacht. Am *Bug* brennt eine Laterne.

Silas würgt.

„Wirst du seekrank?“, fragt ein großer Junge, der ihn in Empfang nimmt. „Keine Angst! Du schaffst das!“, flüstert er ihm heimlich zu. Silas erkennt seinen Kabinennachbarn Hubert. Bisher hat der sich freundlich um ihn gekümmert und ihm viele Dinge auf den Schiffen gezeigt.

„Offenbar machen die alle gemeinsame Sache, diese Blödmänner! Ich kann keinem hier vertrauen“, denkt Silas sauer. Er muss sich auf die Ruderbank setzen.

„Siehst du die *Boje* dort hinten?“, fragt Hubert mit strenger Stimme und genauso unerbittlichem Blick.

Silas nickt und seine Hände umschließen die Ruder. Zögernd taucht er die Blätter in das glänzende Wasser, worauf sich das Beiboot langsam vorwärtsbewegt. Silas beugt sich vor, legt etwas mehr Kraft in seine Bewegung. Aber er hat wenig Übung in diesem Sport. Flapp! Jetzt kreisen die Ruderblätter in der Luft.

„Wir *krebsen!*“, schreit eine Mitfahrerin. Krebsen nennt man es, wenn die Ruder in der Luft hängen oder im Wasser stecken bleiben. Silas hat in den beiden Tagen an Bord schon ein paar Begriffe aus der Seemannssprache aufgeschnappt. Die Schüler benutzen sie hier nämlich zum Spaß.

„*Ahoi!*“, brummt Silas leise vor sich hin.

Vom Heck tuten einige Tröten. Es dröhnt in Silas’ Ohren.

„Schneller!“, verlangt Hubert.

Silas gibt sich Mühe, doch es ist nicht so einfach, das widerspenstige, schwere Holzboot in die korrekte Richtung zu bewegen. Silas schnauft.

„An der Boje hängt ein Beutel. Den sollst du samt Inhalt möglichst trocken an Bord der MS Lotse bringen!“, erklärt Hubert die Prüfungsaufgabe.

„Ay, ay, Sir!“, keucht Silas. Noch zehn Meter trennen ihn vom Ziel. Silas rudert und trifft die Boje ganz genau. Schnell hechtet er zur Seite, um den Stoffbeutel, auf dem das Zeichen der MS Lotse prangt, von der schwimmenden Markierung zu ziehen.

„Vorsicht – wenn du zu viele Wellen machst, werden die Sachen nass“, mahnt Hubert.

Silas hat Glück, er bekommt die dunkelblaue Tasche zu fassen und schwenkt sie wie eine Trophäe über seinem Kopf.

Die Schüler auf der MS Lotse jubeln und klatschen. Wieder erklingen die Tröten. Ein tiefer Ton, der sich nach einem *Schiffshorn* anhört, schließt sich an. Der Suchscheinwerfer der MS Lotse erfasst das Beiboot und taucht es in gleißendes Licht.

Silas steht breitbeinig im Rettungsboot und grinst siegessicher. Das war einfach.

Bevor er sich allerdings richtig freuen kann, beginnt der Kahn, hin- und herzuschwanken. Daran sind Hubert, seine Kumpel und das Mädchen schuld. Sie bringen das Boot so sehr zum Schaukeln, dass Silas schließlich das Gleichgewicht verliert. Unter dem Johlen der Zuschauer segelt er durch die Luft und landet mit einem satten Platschen im Wasser.

Silas bleibt die Luft weg, denn das Wasser in der Bucht ist ziemlich kalt. Glücklicherweise kann er nicht untergehen, weil ihn die Schwimmweste trägt. Er will losschwimmen, doch dann merkt er, dass die Bucht rund um die beiden Schulschiffe nicht tief ist. Mit Ausnahme der schmalen Fahrrinne, die mit Bojen markiert ist, reicht ihm das Wasser gerade bis zu den Oberschenkeln. Mühsam steht er auf. Der

Stoffbeutel in seinen Händen trieft vor Nässe. Genau wie der komplette Silas.

„Pech gehabt. Das sind deine Schulbücher. Das wird unseren Lehrern gar nicht gefallen“, ruft ein Mädchen boshaft herüber.

Eilig zerrt Silas an der Schnur und blickt hinein. Tatsächlich, Bücher! Wahrscheinlich nicht mehr zu gebrauchen.

Silas seufzt. Schon an seinem ersten Unterrichtstag Ärger zu bekommen, wird kein großartiger Spaß sein. Er watet zurück zur „Lotse“, wo das Beiboot inzwischen wieder angelegt hat.

Bevor Hubert die Strickleiter hochklettert, reicht er Silas die Hand. „Nichts für ungut. Diese Schiffstaufe muss jeder bestehen, der neu zu uns kommt.“

Silas greift zu und zieht. Damit hat Hubert nicht gerechnet. Er verliert den Halt und wird von Silas, der nicht loslässt, ins Wasser gezerrt.

Am Heck wird es wieder laut. Gelächter brandet auf. „Na, Hubi, wolltest du auch baden? Ist schon wieder ein Jahr um? Das wird doch eine coole Story für Radio Ruhest☺rung! Erster Radiochef vom Dienst geht unter!“

Hubert spuckt in hohem Bogen einen Schwall Wasser aus. Er verfehlt Silas’ Ohrläppchen nur knapp.

Der schwingt sich auf die Strickleiter. Seine nassen Klamotten sind schwer, die Arme vom Rudern müde. „Aber alles ist besser als Kielholen“, denkt er. Mühsam hangelt er sich nach oben.

Bevor Silas über die Reling klettern kann, bekommt er eine weitere Dusche: Bunte Papierschnipsel, Konfetti und Luftschlangen regnen auf ihn herunter und bleiben an ihm kleben. In den triefenden Haaren, auf seiner Haut, im Nacken; sogar in seine Boxershorts sind die Papierstücke geraten.

„Willkommen auf der MS Lotse, Matrose Silas!“, ruft Hubert, der mindestens ebenso viel Konfetti abbekommen hat und aussieht wie ein bunt verzierter Geburtstagskuchen.

„SILAS! SILAS!“, brüllen seine neuen Mitschüler und wollen ihn alle gleichzeitig umarmen. Jemand nimmt ihm die Schwimmweste ab. Die Sicherungsleine ringelt sich über die Planken wie eine gefährliche Schlange.

„Eine tolle Show!“, lobt ihn jemand.

„Ein bunter Silas. So wie das Land, aus dem er kommt“, erklärt Hubert, der mit einem fast lässigen Sprung über die Reling setzt und einen Meter weiter schlittert.

Silas schluckt. Er hat an seinem ersten Wochenende auf den Schiffen nicht viel geredet. Aber es stimmt: Auf die prasselnden Fragen, wo er herkäme und was er gerne mache, hat er nur geantwortet, dass Kolumbien ein buntes Land sei. Hätte er mehr gesagt, wäre sein Heimweh nämlich noch schlimmer geworden. Seine Eltern sind gestern dorthin zurückgereist – ohne ihn.

„Gut, dass mein Gesicht nass ist. Dann fallen Tränen nicht auf“, denkt er beklommen. Er drückt den Stoffbeutel an sich, als könne der ihn beschützen. Da flammt ein Blitzlicht auf: Eine Schülerin schießt Fotos von Silas und Hubert.

Der große Junge legt seinen Arm um Silas. „Spaghetti!“, grinst er in die Kamera und klopft einen wilden Rhythmus auf Silas’ Schultern. „Du gehörst jetzt zu uns, zur MS Lotse, und bist ein Lotse. Und jetzt hauen wir uns in die *Kojen.* Morgen ist schließlich Montag, und der beginnt mit so etwas Lästigem wie Unterricht!“

Gemeinsam schlendern die beiden Jungen zu ihren Kabinen. Sie hinterlassen eine Spur aus Wassertropfen und bunten Papierfetzen.

„Ich gehe zuerst ins Bad!“, bestimmt Hubert. „Du musst ohnehin erst deinen Koffer sortieren!“

Silas protestiert nicht. Das kleine Badezimmer liegt zwischen den Kabinen, und sie müssen es sich teilen. Silas schält sich aus dem nassen Schlafanzug und findet in dem Chaos auf dem Fußboden tatsächlich ein Handtuch. Darin wickelt er die traurig aussehenden Schulbücher ein. Ob die noch zu retten sind?

2. Alles sieht gleich aus

Der nächste Morgen beginnt stürmisch. Hubert steht im Badezimmer und hämmert an die Tür. „Aufstehen, Matrose Silas! Antreten zum Frühstückfassen!"

Silas richtet sich mit einem Ruck auf. Fast hätte er dabei mit seinem Kopf eine Delle in die Kabinendecke gerammt. Die ist niedrig, und der Schlafplatz klebt dicht darunter. Überall haften die bunten Papierschnitzel, die Silas in der vergangenen Nacht abbekommen hat: Kopfkissen und Bettlaken sind bunt verziert.

Jetzt kommt Hubert in die Kabine. Er kickt ein paar Pullover, den nassen Schlafanzug, einen Fußball, Stifte, Turnschuhe und sonstigen Kleinkram aus dem umgestürzten Koffer unter den Schreibtisch.

„Sonst rastet Rut aus! Sie kontrolliert die Buden!", erklärt der Kabinennachbar, der zwei Jahre älter als Silas ist.

Silas hat Rut, die sich um die Schüler kümmert, bereits kennengelernt. Sie ist nett, aber sie lässt sich garantiert nicht auf der Nase herumtanzen.

„So, jetzt Musik. Radio Ruhest☺rung ist aktiv!" Hubert fingert an einigen Schaltern an der Wand herum, von denen Silas keine Ahnung hat, wozu sie da sind und wie sie funktionieren. Er gähnt, bis der Kiefer knackt, und lässt die Beine herunterbaumeln. Mit den Händen streift er bunte Konfettis von seiner Haut. Dann dröhnt ein cooler Song durch den Raum.

„Wir haben in den Kabinen eingebaute Lautsprecher und Radios. Früher hat der *Kapitän* sie auch für Durchsagen genutzt." Hubert zeigt Silas im Schnelldurchgang, wie er den richtigen Sender einstellt und die Lautstärke regelt.

„Immer volle Dröhnung!", verlangt er jetzt und dreht auf.

Eine Sprecherin verkündet: „Leute, wenn ihr jetzt noch die *Klüsen* dicht habt, sieht es schlecht aus mit Frühstück. Dann gibt es nur *Schiffszwieback* und kaltes Wasser. Hopp, Augen auf, wach werden, aus der Koje springen! Hier spricht Anna von eurem Radio Ruhest☺rung. Den nächsten Titel hat sich Laura von der ‚Senfkorn' gewünscht, ein super Gute-Laune-Ding!"

Silas staunt.

„Das ist unser Schülerradio. Unsere Station ist oben auf der ehemaligen *Brücke*, also der Kommandozentrale des Kapitäns. Wir nutzen den alten Funkerkrempel und haben ein paar neue Sachen angeschafft. Wir senden jeden Tag und immer live!", erklärt Hubi begeistert.

Plötzlich fliegen eine Jeans und etwas Dunkelblaues auf Silas zu. „Deine Lotsenkluft! Los, zieh dich an. Ich habe Hunger. Oder findest du die *Messe* inzwischen schon alleine?" Mit diesem seemännischen Wort meint Hubi den Speiseraum.

Silas lacht. „Na, klar, immer dem Magenknurren hinterher. Wenn das Besteck tierisch laut klappert, bin ich richtig!"

Hubert nickt. Dennoch wartet er, bis Silas sich eine Ladung Waschwasser ins Gesicht geschüttet und seine blonden Haare mit den Fingern entwirrt hat. Eine Luftschlange verheddert sich an seinem Ohr.

Das dunkelblaue T-Shirt mit dem Aufdruck MS Lotse auf dem Ärmel riecht nagelneu, und die Knickfalten sind messerscharf. *Kluft* sagen die Seemänner zu ihrer Kleidung.

„Ob ich mich jemals an diese ganzen Ausdrücke gewöhnen werde?“, fragt sich Silas flüchtig. Manche Sachen auf der neuen Schule findet er sehr komisch. Aber es ist ohnehin seltsam, auf zwei umgebauten Schiffen statt in normalen Häusern zu wohnen.

Die MS Lotse war zeitweilig ein Missionsschiff, bevor sie zu alt wurde und der Motor streikte. Früher ist die „Lotse“ herumgefahren, die *Besatzung* hat überall und unterwegs von Jesus erzählt und Gottesdienste gefeiert. Jetzt liegt das Schiff fest verankert in der Bucht. Es fährt keinen Meter mehr, *läuft* nicht mehr *aus*. Nur bei stürmischem Wetter schaukelt es ein wenig hin und her. Aber von Jesus wird in der Schule immer noch erzählt.

Silas schiebt im Vorbeigehen den Koffer vor den Schreibtisch und tarnt damit sein Chaos. Durch die beiden Bullaugen scheint die Sonne.

„3,2,1, Leinen los!“, poltert Hubert. Er stapft mit langen Schritten durch die Gänge und über den breiten Steg, der die Schiffe miteinander verbindet. Oder ist es eine Brücke oder ein Übergang?

Silas rennt hinterher und hat keine Ahnung, wie es im Seemannsjargon heißt. Er will sich nicht blamieren, deshalb redet er möglichst wenig. Und weil er längst noch nicht alle Kabinen, Räume und *Decks* gesehen und kennengelernt hat, fühlt er sich ziemlich unwohl.

„Hallo Silas!“, wird er ständig von den anderen Lotsen begrüßt, die ihn fröhlich angrinsen. Und auf der MS Senfkorn sitzen schon jede Menge Jungen und Mädchen in grünen T-Shirts an den Tischen.

„Gib dich bloß nicht mit denen ab! Wir waren mit der ‚Lotse‘ zuerst in der Bucht!“, warnt Hubi. Gleich darauf grinst er: „Das ist nur Spaß. Wir gehören alle zusammen, aber die Senfkörner tragen eben grüne Kluft. So wissen wir Lotsen besser, wen wir veralbern können!“

Herr Feuerbach, der Schulleiter, blickt prüfend durch die Messe. Hastig zerrt Hubi Silas an einen Platz am Fenster. Radio Ruhest☺rung unterbricht die Übertragung für das Tischgebet, das Herr Feuerbach spricht. „Alle guten Gaben, alles, was wir haben, kommt, o Gott, von dir. Wir danken dir dafür! Amen.“

Silas muss wieder schlucken. Das hat sein Vater vor dem Essen ebenfalls gebetet. Wie gerne würde Silas jetzt mit seinen Eltern und seinem kleinen Bruder Lukas zusammen sein. Stattdessen sitzt er in dieser komischen Schiffschule, steckt fest zwischen Menschen, die er nicht kennt und gar nicht kennenlernen möchte.

„Guten Morgen, Silas!“, hört er wieder. Dieses Mal von Rut, die an ihm vorbeigeht und sich zu den jüngeren Kindern setzt. Sie achtet dort auf die Tischmanieren.

Silas ist froh, dass er ganz in Ruhe das Müsli löffeln kann. „Es hat ein paar Vorteile, wenn man 12 Jahre alt ist“, überlegt er, während er durch die riesigen Glasscheiben nach draußen schaut. Oben an Bord sind sie fast so groß wie Schaufenster, weiter unten gibt es nur die kleinen runden Bullaugen.

Auf der einen Seite sieht Silas das seichte Gewässer der Bucht. Eine Halbinsel trennt sie vom Fluss ab, über den Lastkähne schippern. Ab und an ist ein weißes Passagierschiff, ähnlich der MS Senfkorn, in dem Strom unterwegs. Backbord, links am Ufer, liegt ein großer Park mit hohen Bäumen. Dort ist auch der Sportplatz.

„Ich will nicht hierbleiben!“, denkt Silas zum tausendsten Mal.

Da reißt ihn eine Ansage aus dem Lautsprecher aus seinen trüben Überlegungen. Radio Ruhest☺rung ist wieder am Start. „Hi, die letzten zehn Minuten unserer Übertragung laufen. Ansage 1: Es ist Montag, igitt. Mein Tag beginnt mit Chemie, entsetzlich. Ansage 2: Wir haben einen neuen Schüler. Aus sicherer Quelle hat Radio Ruhest☺rung erfahren, dass Silas heute Nacht seine Matrosenprüfung mit besonderer Auszeichnung bestanden hat! Yeah!“

Ein tosender Applaus dringt aus dem Lautsprecher. Einige Schüler schlagen mit ihren Löffeln an die Tassen, um mitzujubeln, denn mit vollem Mund können sie nichts rufen oder zustimmend pfeifen.

Silas rutscht auf seinem Stuhl etwas tiefer. Diese ganze Aufregung um seine Person ist ihm unangenehm. Hier soll keiner nett zu ihm sein. Er will fort von den komischen Schiffen und der Besatzung.

„Ansage 3: Unseren Chefreporter Hubi habe ich heute noch nicht gesehen. Er hat bestimmt nach seinem eiskalten Vergnügen den Turboschnodder-Schnupfen!“ Ein Schnauben lässt den Lautsprecher vibrieren.

Im Speiseraum kichern alle. Vor Vergnügen ausgespuckte Haferflocken zischen über die Tische.

„Ist nicht wahr!“, brüllt Hubert beleidigt. „Mir geht’s prächtig. Ich habe schließlich unserem Matrosen Silas beim *Navigieren* geholfen!“

Hubert erntet einen kritischen Blick von Herrn Feuerbach, dem Schulleiter.

„Woher weiß sie das nur schon wieder, diese Ziege?! Anna wohnt auf der ‚Senfkorn' und hat garantiert tief und fest geschlafen. Aber irgendwie bekommt sie alles mit, was auf den Schiffen passiert!", flüstert Hubi in Silas Ohr.

„Ich denke, wir gehören alle zusammen?", fragt Silas mit unschuldigem Gesicht. „Und da benutzt du einen Tiernamen für deine Reporter-Kollegin?"

Hubi stutzt. „Du bist gar nicht so harmlos und brav, wie ich dachte, du frecher Schuft!"

Silas spürt einen freundschaftlichen Tritt an seinem Schienbein, während Hubert ihn anerkennend angrinst. „Nach dem Abendessen zeige ich dir das Herz von Radio Ruhest☺rung auf der Brücke. Heute moderiere ich die Übertragung!"

Obwohl Silas heimlich Fluchtgedanken ausbrütet, ist er doch sehr neugierig auf die Radiostation oben im Schiff. Vorher muss er allerdings ein paar Tests machen: Die Lehrer wollen herausbekommen, was er in Mathe und in anderen Schulfächern weiß. Endlos viele Papierbogen muss er füllen. Dabei hat er schon vorher ewig mit Herrn Feuerbach geredet, der ihm ebenfalls Löcher in den Bauch gefragt hat.

Silas sitzt allein in einer kleinen Kabine auf der MS Senfkorn. Von den Wänden ist nichts mehr zu sehen, weil Regale, randvoll mit Büchern, vom Boden bis zur Decke reichen. Sogar über der Tür drängeln sich Lexika und Atlanten auf mehreren Brettern.

Diese Enge findet Silas ätzend. Wenn er die Arme ausstreckt, berührt er rechts und links die Möbel. Die Uhr auf dem Tisch vor ihm zeigt an, dass er noch genau 10 Minuten und 33 Sekunden Zeit für einen Aufsatz hat.

Aber Silas hat überhaupt keine Lust mehr, schon wieder zu schreiben. Er massiert seine Finger und schließt die Augen. Das Ergebnis ist ihm total egal. Außerdem ist er müde. Heute Nacht hat er nicht wirklich viel geschlafen.

„Ich penne gleich im Sitzen ein“, denkt er und gähnt schon wieder. „Ich muss raus und etwas tun!“ Entschlossen steht er auf, schleicht zur Tür und verlässt die Kabine.

Jetzt sitzen alle in den Klassenzimmern. Bestimmt kann er unauffällig Erkundigungen einziehen oder, wenn die Gelegenheit günstig ist, sofort verschwinden. Seine Geldbörse hat er sicherheitshalber immer dabei. Sie steckt in der Tasche seiner Jeans. Proviant wäre zwar auch nicht schlecht, oder eine Jacke. Aber das ist nebensächlich. Silas würde seine Chance eiskalt nutzen, wenn sie ihm geboten würde.

„Ich muss zur Treppe. Der Ausgang liegt ein Stockwerk tiefer.“ So viel hat Silas bereits herausgefunden. Auf leisen Sohlen huscht er durch die Gänge. Als er an der Küche beziehungsweise der *Kombüse* vorbeikommt, riecht es nach leckerem Essen.

„Nudeln mit Soße?“, vermutet Silas. Sein Magen knurrt vernehmlich. Trotzdem eilt er weiter. Dort vorne teilt sich der Gang, backbord geht es zu den Stufen.

Silas biegt um die Ecke und springt sofort wieder zurück. Mit dem Rücken presst er sich gegen die Wand und hofft, mit ihr zu verschmelzen.

„Der Feuerbach hat mich garantiert bemerkt. Gleich kommt er angetrabt. Was sage ich ihm bloß?“ Silas fällt keine Ausrede ein, deshalb zählt er seine Atemzüge.

Bei zwanzig setzt er sich wieder in Bewegung und späht vorsichtig in den anderen Flur. Er hofft, dass von dem Schulleiter inzwischen nichts mehr zu sehen ist. Doch falsch gedacht.

Herr Feuerbach hat nun ein paar lose Zettel in der Hand und kommt genau auf Silas zu.

Der zögert nicht länger, sondern sprintet davon. Wahllos flitzt er eine steile Treppe nach oben und eine andere hinunter. Dort einen Gang entlang, dann den nächsten.

Schließlich schaut Silas sich um: Jetzt ist er allein, von dem Schulleiter kann er keine Spur mehr entdecken.

„Puh!“, rutscht es Silas heraus. Er ist erleichtert, aber leider hat er inzwischen völlig die Orientierung verloren: Er hat keine Ahnung, wohin genau es ihn verschlagen hat.

„Ich könnte ein Fenster suchen. Wenn ich hinausschauen kann, wäre mir wenigstens klar, in welche Richtung ich laufen muss, um den Ausgang zu finden“, überlegt er.

Entschlossen eilt er weiter, doch die Flure ähneln sich. Und die Beleuchtung kann nicht darüber hinwegtäuschen, dass fast kein Tageslicht in die Gänge des Schiffes fällt.

Ist er nicht eben schon einmal genau an diesem Glaskasten vorbeigekommen? Darin hängen Informationen, Prüfungstermine und die Stundenpläne.

„Mist!“, brummt er leise vor sich hin, während er im Vorbeigehen durch die offene Tür einer Kabine schaut. Hier stehen Etagenbetten, zwei Kojen sind übereinander angebracht.

Als Silas merkt, dass sich jemand in der Kabine befindet, stutzt er und bleibt stehen: Ein Mädchen sucht hektisch etwas am Schreibtisch. Klebestreifen, Tintenpatronen und ein Lineal fliegen hoch und landen klappernd auf der Platte.

„Aha!“ Mit einem Ruck dreht sie sich um und rennt fast in Silas hinein. „Habe meinen Kram für Physik vergessen!“, murmelt sie und nestelt an ihrem geflochtenen Zopf. „Emma“, kann Silas auf dem Etikett des Schulheftes entziffern.

„Du bist Silas, oder?“, fragt sie und blickt zu ihm hoch. „Hast du dich verlaufen?“

„Nein“, druckst Silas herum. Das kleine Gör würde ihn bestimmt auslachen.

Aber Emma verrät ihm unaufgefordert: „Ich bin erst seit einem Jahr hier. Am Anfang bin ich immer und überall zu spät gekommen, weil alles so gleich aussieht.“ Sie zieht ihr grünes T-Shirt gerade. Das Logo auf dem Ärmel zeigt einen großen Baum und winzige Samenkörner. „Senfkorn“, steht in einem Kreis um das Bild.

Emma folgt Silas Blick und fügt hinzu: „Ich mag gar keinen Senf. Lieber Ketchup! Ich muss zurück in den Physikraum.“

Mit dieser Ansage rauscht sie davon und lässt Silas unschlüssig vor der offenen Kabinentür zurück.

3. Fahrradtour mit nassem Ende

Silas ist unglaublich erleichtert, als er endlich vor seiner eigenen Kabine auf der MS Lotse steht. Wie er hierhin gekommen ist, kann er kaum nachvollziehen, denn einige dunkle Gänge haben irgendwo einfach aufgehört. Aber es muss noch eine weitere Verbindung zwischen den beiden Schiffen geben, sonst wäre er jetzt nicht hier.

Stirnrunzelnd holt er die feuchten Bücher. Die Seiten wellen sich, und nicht alle lassen sich umblättern. „Die hätten besser eine Plastiktüte an die Boje gebunden", mault Silas, während er die Bücher in seinen Rucksack stopft.

Eine Lautsprecherdurchsage lässt ihn erschrocken zusammenfahren. Die Stimme von Herrn Feuerbach knistert: „Silas, bitte in die Unterrichtsräume kommen!"

Der Junge stöhnt. Seine Abwesenheit ist bemerkt worden. „Das gibt bestimmt Gemecker", ahnt er und macht sich auf den Weg. Nach einigen Fehlversuchen steht er tatsächlich dem grimmig blickenden Schulleiter gegenüber.

Silas entschließt sich zur Flucht nach vorne und lässt den Lehrer gar nicht erst zu Wort kommen. „Es tut mir leid. Ich habe mich verlaufen. Und die Bücher konnte ich leider auch nicht retten."

In der Tür stehen einige Schüler in den grünen und blauen T-Shirts. Sie kichern belustigt.

Herr Feuerbach nimmt die gedruckten Exemplare entgegen. Er staunt, doch dann grinst er ebenfalls. „Jetzt verstehe ich endlich, wo die ausgemusterten Schulbücher gelandet sind! Nein, Silas, das sind alte Möhrchen. Du bekommst modernere Exemplare. Diese weich gespülten aus der Waschmaschine kannst du getrost fortwerfen."

Als Silas kapiert, dass seine Mitschüler ihn an der Nase herumgeführt haben, wird er knallrot und ein bisschen sauer. „Da habe ich mir also ganz umsonst Sorgen gemacht", grummelt er und schreibt in das neue, trockene Mathebuch seinen Namen.

Kurz darauf kaut er frustriert an seinem Bleistift, weil er von den Aufgaben in dem Buch keine einzige lösen kann. Und wieder wünscht er sich weit fort von dieser Schule.

Auch das Mittagessen kann ihn nur wenig besänftigen. Er fühlt sich so fehl am Platz wie ein Eisbär im Dschungel.

„Einen Lageplan müsste man haben", seufzt er, als er sich anschließend vor dem Ausgang wiederfindet, anstatt in der Kombüse beim Spüldienst zu helfen.

Neugierig schaut Silas sich um. Niemand ist zu sehen. Momentan scheint ihn keiner zu vermissen. Also geht er zur Glastür und lehnt sich probeweise dagegen. Die Tür gibt nach – sie ist nicht verschlossen! Offenbar könnte er jetzt, in diesem Augenblick, aus dem Internat verschwinden.

Er betritt den *Landungssteg*, der die MS Senfkorn mit dem Ufer verbindet. Jeder Schritt klappert auf den Metallplatten.

Plötzlich wird das Geräusch noch viel lauter. „Jetzt haben sie mich. Sie holen mich zurück!", schießt es Silas durch den Kopf. Hinter ihm tauchen ein Junge und ein Mädchen auf. „Robin und Laura", fallen ihm auf Anhieb die Namen der Geschwister ein.

„Hi, Silas!“, tönt es zum tausendsten Mal am heutigen Tag. Silas muss sich stark bremsen, um nicht genervt die Augen zu verdrehen. Es ist völlig ungewohnt für ihn, in jeder Minute des Tages von so vielen Menschen umgeben zu sein.

„Kommst du mit ins Bootshaus? Da ist unsere Fahrradwerkstatt“, fragt Laura.

Silas nickt. „Ist die Tür eigentlich ständig, also die ganze Zeit, offen?“, druckst er herum und weist mit dem Kinn zur MS Senfkorn.

Robin schaut ihn erstaunt an.

„He, Alter, wie bist du denn drauf? Das ist eine Fluchttür, die muss immer aufgehen. Nachts wird abgeschlossen, damit keiner reinkommt.“

Silas bringt ein schlappes „Aha“ heraus. Was denken die beiden jetzt von ihm? Sie halten ihn gewiss für den dümmsten Vollpfosten aller Zeiten.

Doch Laura hakt sich ungefragt bei ihm unter. „Beachte ihn gar nicht. Der redet Blech am Stück“, macht sie ihren Bruder nieder.

Robin schnaubt verächtlich. „Schaff dir nie eine Schwester an! Das gibt nur Ärger“, kontert er.

Silas beginnt zu lachen.

Da zieht Laura einen Schmollmund und lässt Silas los. Gemeinsam laufen sie über einen gepflasterten Weg, der zu einem grauen Holzschuppen führt. Er ist eine Mischung aus Bootshaus und Scheune. Die vorderen großen Türen blicken auf das Wasser. Im hinteren Teil parken mindestens 50 Fahrräder.

Silas staunt. Die unterschiedlichsten Exemplare, von Renn- bis Mädchenrad, von Mountainbike bis Liegerad, stehen oder hängen betriebsbereit an den Wänden. „Hast du auch eins mitgebracht?“, fragt Laura und fährt kritisch mit dem Finger über einen Reifen, den sie gestern geflickt hat.

„Nein, leider nicht“, bedauert Silas.

„Da hinten stehen die Schulräder. Die sind auch in Ordnung. Wir kümmern uns darum und reparieren kleinere Schäden“, erzählt Laura.

Robin hat eine Luftpumpe aus einem Fach genommen und pustet seiner Schwester damit zischend die Haare durcheinander. Laura ignoriert ihn, worauf er Silas ins Visier nimmt. „Deine Fransen sind ziemlich lang. Ich verpasse dir eine ordentliche Fönfrisur!“, grinst er.

„Danke, ich verzichte“, lehnt Silas ab. „Und die Schulräder darf sich jeder ausleihen?“

Robin zerrt die Pumpe nun so heftig auseinander, dass sie quietschend in ihre Einzelteile zerfällt.

„Kannst du Pumpen wieder ganz machen?“, will Silas unschuldig wissen, während er seine blonden Fransen hinter die Ohren streicht. „Ich muss unbedingt das schmale Haargummi in meiner Bude wiederfinden“, nimmt er sich vor.

Laura hat ein silbernes, schnittiges Bike aus dem Ständer gezogen. „Das könnte passen. Dreh doch mal eine Proberunde. Helme liegen dort.“

Keins der Räder ist verschlossen. Auch den Schuppen kann man offenbar immer betreten. Das wundert Silas. Aber es würde seine Flucht aus der Schule extrem erleichtern.

Kurz darauf sitzt er auf dem Fahrrad, schaltet und trampelt. Er fährt bis zu dem Metallzaun, der anscheinend das ganze Schulgelände umschließt. Über die Wiese rumpelt er nun an der Umzäunung entlang, bis er zum Haupttor kommt. Das steht sperrangelweit offen.

„Ich muss nur hindurchfahren, und fort bin ich“, denkt Silas. Dann schaut er an sich herunter. „Aber in der Schulkluft sollte ich nicht unbedingt abhauen!“

Er wendet und tritt kräftig in die Pedale. Zwischen hohen Bäumen hindurch glitzern die Wellen des Flusses.

„Stromabwärts käme ich noch schneller weg als per Drahtesel“, überlegt Silas. „Vielleicht in einem Schlauchboot?“

Am Rand der Bucht riecht es faulig. Durch eine schmale Rinne aus gemauerten Steinen fließt das Wasser in ein altes *Wehr*. Einige Stücke sind aus der Einfassung gebrochen, doch der Schieber mit dem Drehmechanismus aus Eisen sieht intakt aus.

Silas verlässt den Pfad, nimmt das Vorderrad kurz hoch und rollt auf der Steinrinne weiter. Neben ihm plätschert auf beiden Seiten das Wasser. Er wird langsamer und hält trotzdem das Gleichgewicht, denn er tritt konzentriert in die Pedale und bewegt den Lenker ganz vorsichtig. Zu Hause ist er mit seinem Rad über die abenteuerlichsten Pisten gebraust.

Aus dem Schilf fliegt wild schnatternd eine Stockente auf. „Fliegen müsste ich können! Über den großen Teich direkt nach Kolumbien.“ Silas schaut dem Tier etwas neidisch hinterher.

Das kostet ihn die Kontrolle über sein Fortbewegungsmittel: Das Vorderrad bleibt in einer Lücke der Rinne hängen und blockiert. Silas versucht alle möglichen Tricks, um mit und auf dem Rad weiterzufahren, aber es misslingt. Wie in Zeitlupe kippen Fahrrad und Silas nach rechts und landen im seichten Gewässer der Bucht. Sofort schlägt eine zweite Ente Alarm.

Silas verzieht das Gesicht zu einer schiefen Grimasse. „Anscheinend wird das Baden im Tümpel zu jeder Tageszeit mein neues Hobby!"

Als er das Bike mühsam aufrichtet, hängen in den Speichen lauter schleimige Halme. Angewidert pflückt er sie heraus. Er steht knöcheltief im Schlamm, und es kostet ihn eine Menge Kraft, das Fahrrad und sich selbst aus dieser misslichen nassen Lage zu befreien.

Schließlich macht er sich seufzend auf den Rückweg, wobei er wieder eine Tropfspur hinter sich herzieht – dieses Mal nicht mit Papierschnipseln gemischt, sondern aus Matsch und grünem Entendreck.

Silas legt den Kopf schief und hüpft beim Schieben des Fahrrades auf und ab, um das Wasser aus den Ohren zu bekommen. Momentan hört er alle Geräusche sehr gedämpft.

Im Schuppen kämpft Robin lautstark mit den Schrauben, Ventilen und anderen Teilen der Luftpumpe. Sie sind offenbar sehr widerspenstig.

„Äh!", rutscht Laura wenig geistreich heraus. Mit offenem Mund mustert sie den verdreckten Silas.

„Ach, ich dachte, ich fahre die Kiste durch die Waschstraße. Das ist mein Beitrag zur Fahrradwartung", sagt Silas schlagfertig.

„Spinnst du?!", will Robin wissen. Er wirft Silas einen *Feudel* zu. „Wisch das gefälligst trocken und sauber, sonst bekommst du nie mehr einen fahrbaren Untersatz!"

Silas zuckt mit den Achseln, wischt dann aber halbherzig mit dem Tuch über den Rahmen.

„Auf den Schreck muss ich unbedingt etwas essen“, stellt Laura fest. Sie öffnet einen Schrank und zieht aus der hintersten, dunklen Ecke eine große, etwas rostige Blechdose hervor. „Das ist unser geheimer Vorrat“, erklärt sie und beißt mit Genuss in einen Keks. „Den Sattel hast du vergessen“, gibt sie Silas nun eine zickige Anweisung und klingt dabei wie der Chef vom Dienst.

„Arbeit macht hungrig“, schaltet sich Robin ein und reißt die Dose an sich. „Manno, die ist fast leer. Laura, du bist gefräßig wie ein Waschbär!“

„Oh – waschen. Mist. Ich muss mich waschen. Und eigentlich müsste ich in die Kombüse zum Spülen“, fällt Silas ein.

Laura und Robin starren ihn an. „Das gibt Ärger! Rut wird dir einen Rüffel verpassen, der sich gewaschen hat. Geh besser direkt mit einer guten Ausrede zu ihr, bevor sie dich findet!“

Silas wirft Robin den schmutzigen Lappen ins Gesicht und schnappt sich schnell noch einen Keks. „Den brauche ich zur Stärkung. Vielleicht muss ich zur Strafe bei Wasser und Schiffszwieback im Maschinenraum schmoren?“, witzelt er und ist bereits mit langen Schritten unterwegs zur MS Senfkorn.

In seinen Schuhen quietscht der Schlamm. So tropfnass, wie er ist, will er Rut auf keinen Fall über den Weg laufen. Und später vergisst sie den versäumten Kombüsendienst bestimmt. Das hofft Silas jedenfalls.

4. Die Gummistiefelkette

Silas hört schon wieder seinen Namen. „Was?!“, platzt er genervt heraus.

Als er jedoch feststellt, dass ausgerechnet Herr Feuerbach ihn angesprochen hat, murmelt er betreten: „Entschuldigung!“ Mit dem Schulleiter hat er nicht gerechnet. Er versucht erneut, das Wasser aus dem Ohr zu bekommen, und endlich macht es leise „plopp“.

Silas grinst erleichtert, doch was er jetzt deutlich hören kann, findet er weniger spaßig. Der Lehrer klingt nicht mehr ganz so freundlich wie heute Morgen. „Du wirst mir sicherlich erklären, was passiert ist?“, erkundigt sich Herr Feuerbach, während er mit einer Papierrolle auf seine Handfläche klopft. Schließlich zeigt er mit der Rolle auf Silas’ Ellbogen, an dem Blut klebt.

Erst in diesem Augenblick wird Silas bewusst, dass sein blaues T-Shirt wie eine zweite Haut an ihm haftet und dass sich in seinen Haaren offenbar Algen ringeln.

„Kleiner Fahrradunfall“, druckst er herum.

Der Schulleiter schweigt und schaut den Jungen prüfend an.

„Das Rad ist heil geblieben“, schiebt Silas etwas widerwillig hinterher.

„Aha, wenn du geduscht und umgezogen bist, möchte ich dich in meinem Büro sehen!“, fordert Herr Feuerbach. Er zieht die Augenbrauen hoch und schaut Silas noch einmal eindringlich an, bevor er sich umdreht und weggeht.

„Hui, Tatütata macht Alarm“, kommentiert Hubi reichlich unbeeindruckt. „Aber wir brauchen dich trotzdem, und zwar sofort, hopp!“

Silas stöhnt. „Wie jetzt? Ernsthaft? Wieder eine Prüfung? Oder geht es um Radio Ruhest☺rung?“

„Nein, um *Zeugwäsche*! Waschmaschine“, gibt Hubert geheimnisvoll flüsternd zur Antwort. Er lässt einige Senfkörner passieren, die zum Abendessen wollen und unterwegs zur Messe sind. „Die Gelegenheit ist günstig“, murmelt er dann.

Silas kapiert gar nichts. Er friert in der nassen Kleidung und will sich in einem günstigen Moment unauffällig verdrücken.

Doch Hubert hält ihn fest.

„Igitt, Silas, du muffelst ein wenig!“ Hubis Nase nimmt eine Prise, worauf er angeekelt die Hand sinken lässt. Da schnuppert Silas selbst an seinem T-Shirt und muss ihm recht geben.

Die beiden Jungen marschieren immer tiefer in den Schiffsbauch hinein. Sie begegnen keinem anderen Schüler. Das Besteckklappern aus der Messe wird leiser und ist schließlich nicht mehr zu hören. Zuletzt öffnet Hubert mit einem besonderen Schlüssel eine Metalltür. Das Schild: „Betreten verboten. Lebensgefahr!“ scheint ihn nicht zu interessieren.

Hier unten riecht es nach altem Schmieröl. Statt Teppich oder einen anderen Fußbodenbelag zu betreten, klettern sie über klappernde Gitterroste und hangeln sich an Rohren entlang. Ein paar einsame Glühbirnen beleuchten sparsam den Weg, den die beiden Lotsen nur hintereinander entlanglaufen oder -kriechen können.

Plötzlich ist Hubi verschwunden. Eben noch hat er sich gebückt und ist durch eine runde Luke geklettert. Und nun ist er nicht mehr zu sehen. Silas quetscht sich durch eine Röhre und hat keine Ahnung, ob er danach geradeaus weitergehen oder eine Leiter hochsteigen soll.

Ein unangenehmer Gedanke schießt ihm durch den Kopf: „Der Typ hat mich abgehängt. Garantiert absichtlich. Er will mich in diesem Labyrinth zurücklassen. So ein Dreck. Der rächt sich an mir, weil ich ihn in der Nacht vor den Lotsen blamiert und ins Wasser gezogen habe. Und ich gutgläubiger Idiot bin ihm nach seiner ‚Waschmaschinen-Erklärung' auf den Leim gegangen. Jetzt stehe ich als totaler Trottel da."

Silas dreht sich um. Seine Hände umschließen den Griff neben dem runden Durchstieg, und er schwingt sich mit den Füßen voran hindurch. „Ob ich den Rückweg jemals finde?" Nach seinen bisherigen Navigationsleistungen auf den unübersichtlichen Schiffen zweifelt er heftig daran, dass es ihm gelingen wird. „Muss ich dort entlanglaufen oder über den Gitterrost steigen?"

Seine Ratlosigkeit nimmt zu, und in seinem Bauch beginnt die Angst zu brodeln. Sie breitet sich aus, steigt höher. Und dann steckt sie in seinem Rachen wie ein ekliger Pfropf, der sauer schmeckt und ihm das Gefühl gibt, keine Luft mehr zu bekommen.

An der Decke zischt und knallt es: Eine Glühbirne zerplatzt. Kleine Scherben regnen klirrend herunter. In dem schwarzen Maschinenraum kann Silas nun lediglich ein paar jämmerliche Umrisse erahnen.

„He, du bist kein Baby mehr. Du musst eine Lösung finden, Silas. Und du musst zum Licht!“ Der Junge räuspert den Klumpen in seinem Hals fort und macht einige rasche Schritte. Dabei stößt er mit der Stirn gegen ein Ding, das ihn an eine abgetakelte Dampflok erinnert. Ein schmaler Streifen Licht rutscht zwischen den Metallrohren hindurch.

„Vielleicht finde ich als Hinweise ein paar Algen, die ich unterwegs verloren habe! Oder eine Spur aus Blutstropfen“, will Silas sich selbst Mut machen und schielt auf seinen Ellbogen.

„He, was hast du vor?“, fragt da ein Junge, der ihn fast umrennt, weil der Gang zwischen den Rohren und den alten Gerätschaften eng und finster ist.

„Tom? Wo steckt denn Hubi? Lauf weiter, wir müssen ein bisschen Vollgas geben!“, meldet sich eine Stimme von weiter hinten.

„Geht nicht. Da steht einer im Weg. Der rennt in die verkehrte Richtung. Ich dachte, du willst uns helfen, Silas?!“, erkundigt sich dieser Tom. Er klingt vorwurfsvoll.

„Ich weiß von gar nichts“, mault Silas. „Hubi hat …“

„Was habe ich?! Und wo bleibt ihr? Wollt ihr im Maschinenraum übernachten?“, schaltet sich Hubi unvermittelt ein. Er streckt den Kopf aus der runden Luke.

„Anscheinend bin ich super im Kreis gelaufen!“, stöhnt Silas.

Nachdem Hubert die anderen aufgefordert hat, nicht so laut zu sein, klettern die vier Jungen weiter und erreichen endlich das Ziel. Gemeinsam schieben sie ein weißes, eckiges Elektrogerät zu Seite und können nun in einen schmalen Raum steigen.

Hier ist es gemütlich warm, und es duftet nach einer Blumenwiese im Sommer. Der Geruch entströmt einer Schachtel Waschmittel. Ein Trockner summt und wummert. Und auf einer Wäscheleine hängen genug blaue Lotsen-Shirts für mindestens drei Fußballmannschaften.

Zielstrebig steuern die Jungen auf mehrere hohe Regale zu, die bis zur Decke reichen. Sie sind mit Gummistiefeln in allen Farben und Größen gefüllt.

„Die Senfkörner werden sich wundern!“, grinst Hubert. Er angelt die oberste Ladung Stiefel vom Brett und lässt sie herunterregnen. Dann fegt er mit Schwung auch alle anderen Regale leer, bis den Boden ein gigantischer Haufen bedeckt.

Tom hat bereits begonnen, die Schnürbänder zusammenzuknoten. Silas will helfen und legt zwei Schnürsenkel übereinander.

Aber Hubi unterbricht ihn sofort: „Keinen Idioten-Knoten. Wir nehmen ausschließlich Knoten für Fachmänner!“

Tom grinst breit. Er wickelt zusätzlich ein langes Seil ab, an dem er weitere Stiefel befestigt.

Silas muss wie die anderen drei Lotsen Seemannsknoten machen. Nach dreißig Gummistiefeln hat er den Dreh endgültig heraus und knüpft die Stiefel fast so rasch aneinander wie die anderen Jungen.

„Das letzte Mal haben uns die Senfkörner erwischt, als wir ihr Wohnzimmer in einen Dschungel umgewandelt haben“, wispert Hubi und wedelt mit einem gelben Stiefel in der Luft herum.

Tom grinst von einem Ohr zum anderen. Auf seiner Stirn glänzt ein schwarzer öliger Streifen von der Kletterei vorhin. „Sie haben Hubi als Geisel behalten, bis wir das Chaos beseitigt und alles aufgeräumt hatten. Die Geisel durfte während unserer Höchstleistungen Limonade trinken, gemütlich auf dem Sofa liegen und wurde mit Schokolade gefüttert. Nur wenn er zu frech wurde, haben sie ihn gekitzelt."

„Das war nicht witzig", mault Hubi beleidigt. „Ich hatte noch tagelang Muskelkater im Bauch vor lauter Lachen."

„Und Bauchschmerzen von den Süßigkeiten!", ergänzt Tom.

Plötzlich hören sie ein Geräusch an der Tür. Es klappert leise. Da Tom die Klinke mit einer Latte verkeilt hat, lässt sie sich allerdings nicht herunterdrücken.

„Dieses Mal haben wir Vorsichtsmaßnahmen getroffen", flüstert Hubi und knotet weiter.

Tom schaut zweifelnd zur Tür, doch die Holzlatte hält.

„Ist jemand da drin?", schreit ein Mädchen.

„Nein!", brüllt Hubert zurück.

„Du bist bescheuert, Hubi, halt einfach die Klappe!", zischt Tom.

„Das ist Anna", erklärt Hubi.

„Na klar, vor der musst du angeben", motzt Tom. „Auf, lasst uns abhauen!"

„Niemals!" Hubis Hände wirbeln noch schneller, sie arbeiten in einem Affenzahn weiter.

Silas blickt immer wieder zur Tür. „Was wird Anna machen?", will er wissen.

Hubi zuckt nur mit den Achseln. „Keine Ahnung. Bis ihr etwas einfällt, sind wir hier fertig und fort."

Toms Gesicht drückt Zweifel an dieser Aussage aus. Er sagt aber nichts, sondern bindet mit zusammengekniffenen Augen weiter Schnürsenkel zusammen.

Zum Schluss legen sie ihr Kunstwerk in einer langen Schlange auf dem Boden aus, damit sich nichts verheddert.

Tom holt einen prall gefüllten Sack hinter der Waschmaschine hervor. „Gut, dass keiner unsere Rettungsringe vorher entdeckt hat." Er beginnt, jeden zweiten Stiefel mit einem gefüllten Luftkissen auszustopfen. „Mit den Dingern verpackt und polstert man Sachen, die bei einem Transport leicht kaputtgehen könnten. Wir haben lange gebraucht, um genug davon zu sammeln."

Stirnrunzelnd fügt er hinzu: „Hoffentlich nimmt das kein böses Ende. Wir können uns nicht noch einen Fehlschlag erlauben."

„Wird schon passen, alte Unke. Wir haben alles im Griff und handeln nach unserem Plan", beschwichtigt ihn Hubert. Er hat das Bullauge geöffnet und den Anfang der Stiefelschlange hochgehoben.

„Jetzt lassen wir das Seeungeheuer zu Wasser!", deklariert Hubert übermütig. „Es wird kein Unheil mehr in diesem Schiff anrichten!" Er schiebt die ersten zusammengeknüpften Stiefel durch das runde Fenster und lässt sie in die Bucht fallen. „Mehr Leine", verlangt er dann.

Bald schwimmen die Gummistiefel in einer Reihe an der MS Senfkorn entlang. Die roten, blauen und gelben Farbkleckse sehen aus wie die Abtrennung der einzelnen Bahnen im Schwimmbad.

„Lauter kleine Bojen“, murmelt Silas und reicht Hubi das letzte Stück der Gummistiefelschlange. Die Luftkissen, die Tom vorhin in etwa die Hälfte der Stiefel gestopft hat, sorgen dafür, dass ihr Werk nicht sang- und klanglos untergehen kann.

Silas dreht sich um. Er hat etwas gehört. Es kommt von der Tür. „Sie sind da! Gleich stürmen sie den Raum“, befürchtet er.

„Quatsch. Dafür müssen sie früher aufstehen“, winkt Hubi lässig ab. „Tja, Anna Otto, das wird meine super Sendung für Radio Ruhest☺rung: ‚Senfkörner bekommen nasse Füße!‘“, murmelt er zufrieden vor sich hin. „Habt ihr die Knoten auch fest genug gezogen? Es wäre peinlich, wenn die Stiefel einzeln abdriften würden.“

„Warum, die müssen doch die Senfkörner einsammeln! Das ist einzig und allein ihr Problem!“, kichert Tom.

Der Tumult vor der Tür wird lauter.

Tom schießt noch ein paar Fotos von der Kette, bevor sich die vier Jungen eilig auf den Rückweg durch den dunklen Schiffsbauch machen.

Hubert führt sie zu einem Hintereingang der Kombüse. Hastig holt er Obst, einige Becher Joghurt und Brötchen und verteilt großzügig seine Beute. „Unser heutiges Abendbrot. Schließlich müssen wir nach dieser Anstrengung bei Kräften bleiben“, schwingt er wie üblich dramatische Reden.

„Der macht eine Show“, flüstert Tom Silas ins Ohr. „Garantiert hat er Rut um eine Extrawurst gebeten. Weil er am Mikro sitzt, bekommt er die Mahlzeiten häufig nachgeliefert.“

Silas beißt in ein Brötchen. Er ist froh, dass es endlich etwas zu essen gibt, denn sein Magenknurren hat vorhin fast das Summen des Trockners übertönt.

Unauffällig mischen sich die vier Jungen unter die anderen Schüler, die an der Reling stehen und ungläubig in die Bucht starren. Die schwimmenden Gummistiefel treiben in Richtung Halbinsel, direkt auf das Wehr zu.

„Das sind meine! Die mit dem kreuz und quer Muster!", brüllt Emma empört. „Wir müssen sie herausholen!"

Hubert und Silas tauschen einen verschwörerischen Blick – ohne zu ahnen, dass sie dabei beobachtet werden.

5. Von Senfkörnern und großen Bäumen

Wenn man Senfkörner einpflanzt und gießt, werden Senfbäume daraus. Wachsen aus schwimmenden Gummistiefeln Gummibäume oder Gummistiefelbäume?“, philosophiert ein Lotse.

Immer mehr Schüler kommen an Deck und schauen sich die im Wasser treibende Schlange an. Silas’ Kleidung ist in der warmen Waschküche fast getrocknet, die Schuhe aber nicht. Seine Füße fühlen sich eiskalt an. Trotzdem kann er sich nicht von diesem Spektakel lösen.

Robin und Laura hantieren mit einer Holzstange, an deren Ende ein Haken angebracht ist. Wäre das Ding kleiner, ginge es als Häkelnadel durch. Oder, ein paar Nummern größer, als Enterhaken.

„Vorsicht, rammt mit der Stange nicht gegen das Bullauge!“, schreit ein Lotse. Andere fangen an, rhythmisch in die Hände zu klatschen, um Robins Bemühungen anzufeuern.

Der taucht den *Bootshaken* ins Wasser. Zweimal angelt er ins Leere, dann hat er die Leine erwischt und versucht, einen Teil der Kette aus dem Wasser zu hieven. „Helft mit!“, brüllt er, als die Last am Haken zu schwer wird.

Den Senfkörnern gelingt es beinahe, ein Stück der Gummistiefelschlange einzuholen, doch dann rutscht Robin plötzlich die Stange aus der Hand. Die Leine lässt sich nicht mehr bewegen. Hängt sie irgendwo fest?

Silas bemerkt, dass einige Senfkörner miteinander tuscheln. „Der war dabei – Silas!“, sagt Emma und weist mit der Hand auf ihn.

Instinktiv weicht Silas ein paar Schritte zurück, bevor er unschuldig „Ich?!“ fragt.

„Ja, du. Ich habe gesehen, wie du mit Hubi geredet hast“, beharrt Emma auf ihrer Meinung.

„Na, und? Ist das verboten?“, kontert Silas.

„Du hast Hubert geholfen. Du warst dabei!“, behauptet Emma erneut und schaut sich hilfesuchend um.

Anna tritt neben sie und blickt Silas prüfend an. „Du bist erst ein paar Tage hier und machst schon bei dem Mist gegen uns arme Senfkörner mit?!“

Silas kennt ihre Stimme von der Radioübertragung. Da hat er sich eine Moderatorin mit langen blonden Haaren vorgestellt – irgendwie sehr cool.

Jetzt ist er überrascht, wie anders Anna in Wirklichkeit aussieht: kleiner, mit strubbeligen kurzen Haaren, die ihn an die Stacheln eines verknautschten Igels nach dem Schleudergang erinnern.

„Außerdem kann ich gar keine Seemannsknoten knüpfen!“ Kaum ist dieser Satz aus seinem Mund gerutscht, bereut Silas seine unbedachte Wortwahl. Damit hat er gelogen und sich verraten. Woher sollte er denn wissen, dass die Lotsen besondere Knoten machen würden? Er war mit dabei, und das hat Anna jetzt kapiert.

Sie kneift ihre grünen Augen zusammen und plustert die Wangen auf, sodass ihr Gesicht einem Luftballon ähnelt.

Silas bemerkt, dass Hubi sich rasch verdrückt. „Der lässt mich die Sache alleine auslöffeln?! Dieser Schuft. Naja, leider habe ich mich wirklich oberdämlich angestellt.“

Obwohl Silas krampfhaft überlegt, fällt ihm leider nichts ein, womit er seine Lage verbessern könnte. Schließlich presst er die Lippen aufeinander und starrt Anna an. Vielleicht kann er sie mit einem bösen Blick einschüchtern?!

Anna schaut unbeeindruckt zurück, dann zur Reling, während sie in Rekordgeschwindigkeit zu denken scheint.

„Hört mal her, Leute: Silas, dieser nette Lotse hier, wird uns helfen. Den Rettungsring bitte!“, brüllt sie triumphierend.

Da ertönt Herr Feuerbachs Stimme durch den Lautsprecher: „Silas, bitte sofort in mein Büro kommen!“

Anna zögert nur kurz, bevor sie Silas blitzschnell den weißroten Schwimmring überstreift.

„He, ich muss zu Herrn Tatütata!“, protestiert Silas, obwohl diese Aussicht auch nicht gerade prickelnden Spaß verheißt.

„Tja, Pech gehabt. Das ist absolut dein Problem, und du wirst es später gewiss lösen. Ab ins Wasser mit ihm!“, gibt Anna ihr Kommando.

Das lassen sich die Senfkörner nicht zweimal sagen: Silas wird zum Geländer gedrängt und geht über Bord. Wieder klatscht er ins Wasser. Und er beginnt, Schulen, die auf Schiffen existieren, abgrundtief zu hassen.

„Du sammelst die Stiefel für uns ein. Und wir lassen dich erst wieder heraus, wenn jeder Passagier der MS Senfkorn seine Schuhe wieder zurückhat!“, bestimmt Anna.

Die Senfkörner johlen und jubeln. Einer krakeelt begeistert: *„Mann über Bord!“*

Silas seufzt. Er macht ein paar Schwimmzüge, doch schon bald watet er durch das Wasser und zieht an der Leine. Die Gummistiefel sind vollgelaufen und widerspenstig, aber glücklicherweise können sie sich nicht selbstständig machen, weil die Schnüre und die Knoten halten.

Allerdings scheint sich die Leine irgendwo verhakt zu haben: Nachdem Silas sie mühsam von der Ankerkette gelöst hat, hebt er einen Teil der Gummistiefelkette so weit hoch, dass die anderen Schüler danach greifen können.

Endlich liegt die lange Schlange auf den Holzplanken und wird unter dem lauten Hallo der Lotsen durch die Gänge bis in die Waschküche gezogen. Das Wasser läuft aus den Stiefeln und hinterlässt nasse Spuren.

Die Senfkörner bewachen Silas so lange, bis er jeden Stiefel mit Zeitungspapier ausgestopft und zurück ins Regal gestellt hat. Wenigstens haben sie ihm vorher beim Entknoten geholfen. Draußen wird es schon dunkel.

„Das Ende dieser Aktion hatte ich mir ganz anders vorgestellt“, denkt Silas. Er gähnt und sein Magen knurrt.

Emma hat Mitleid mit ihm. „Meine Eltern haben mir gestern ein Paket mit ganz vielen Leckereien geschickt. Das hole ich!“

„Au ja. Einen Snack können wir jetzt vertragen!“ Anna lächelt erfreut. „Aber willst du Silas wirklich etwas abgeben? Verdient hat er es ja nicht …“

Emma verschwindet kichernd, und es dauert sehr lange, bis sie wieder erscheint. Mit leeren Händen. „Es ist verschwunden.

Ich hatte es auf meinen Schreibtisch gestellt, und jetzt ist es fort. Ich habe überall gesucht."

Traurig fährt sie fort: „Und meine Kuscheldecke liegt nicht mehr auf dem Bett! Silas, das ist echt gemein. Ihr Lotsen dürft uns keine Sachen klauen!"

Silas lässt vor Schreck die blauen Gummistiefel fallen, die er gerade in der Hand hat, und schaut Emma entsetzt an. „Das waren wir nicht. Wir haben nur hier unten Alarm gemacht!", beteuert er.

Er merkt, dass Emma ihm kein Wort glaubt. Anna schon, denn sie war vorhin an der verkeilten Waschküchentür.

„Und Tatütata ist mächtig sauer. Er kann Silas nirgendwo finden", ergänzt Emma. Mit einem Ruck dreht sie sich um und rennt davon.

Nun packt Anna mit an, und schließlich stehen alle Schuhe wieder an Ort und Stelle.

„Ich könnte mit dir zu Herrn Feuerbach gehen", bietet sie Silas an.

Der schaut an sich herunter. „Hm, er hat gesagt, ich soll zu ihm kommen, wenn ich geduscht und umgezogen bin. Ich schätze, es ist noch nicht so weit!" Und dabei grinst er von einem Ohr zum anderen.

Anna begleitet ihn aber bis zur „Lotse", damit er den schnellsten Weg findet. Mit letzter Kraft schleppt Silas sich in seine Kabine und noch schnell in das winzige Bad. Er ist so müde, dass er nicht einmal seine Familie vermissen kann, bevor er in der Koje einschläft.

Silas stöhnt unwillig, als jemand an seinem Arm rüttelt. Er will schlafen. „Nein“, murmelt er und zieht sich die Bettdecke über die Ohren.

„Doch. Es ist Zeit zum Aufstehen“, sagt Rut zu ihm. In diesem Augenblick beginnt die Übertragung von Radio Ruhest☺rung: Knallende Schlagzeugbeats hämmern los, und kurz darauf setzt eine verzerrte Gitarre ein.

Da gibt Silas auf: Bei diesem Lärm ist es wohl besser, die Koje zu verlassen. Er erinnert sich an Hubis Erklärungen und dreht die Lautstärke eilig herunter. Er wünscht, Rut hätte ebenfalls einen Schieberegler. Denn sie redet dröhnend auf ihn ein. Silas versteht etwas von Kombüsendienst und fürchterlicher Unordnung.

„Du räumst jetzt deine Kabine auf, Silas. Vorher gehst du nicht zum Frühstück!“

Silas verlegt sich aufs Jammern. „Aber ich habe Hunger! Ich musste schon gestern Abend aufs Essen verzichten.“

„Das ist mir egal!“, wettert Rut. „Ich dulde dieses Chaos nicht.“

Ein zerzauster Hubert steckt verwundert seinen Kopf zur Tür herein. Als er die schlecht gelaunte Rut entdeckt, will er ihn augenblicklich zurückziehen. Aber er ist nicht schnell genug.

Schon hat ihn Rut am Schlafittchen gepackt und meckert weiter:

„Stopp, du bist sein Pate und sollst dich um ihn kümmern. Meiner Meinung nach hast du deinen Job nicht gut erledigt. Also kannst du direkt hierbleiben und ihm helfen.“

Silas muss grinsen. Sofort geht es ihm ein bisschen besser: Der Anblick von Hubi, der verzweifelt eine Ausrede sucht, macht ihm Spaß.

„Ich muss zum Radio“, quetscht Hubert hervor.

„Dann beeilt euch besser“, fegt Rut den Einwand beiseite.

Hubis kugelrunde Augen fallen vor Entsetzen fast aus seinem Gesicht, doch er hat keine Chance. Rut bleibt gnadenlos wie die Rache in Person in der Kabine stehen, während Silas und Hubi um sie herum aufräumen müssen. Silas kriecht unter den Schreibtisch und holt die Sachen hervor, die er dort notdürftig mit dem davor geparkten Koffer getarnt hat.

Zweimal fegt Rut die unordentlich gefalteten Wäschestücke wieder aus dem Schrank, dann ist sie endlich zufrieden. Als Hubi ein Kissen aufschüttelt, verteilt er getrocknetes Konfetti auf dem Boden. Das vermisste elastische Sporthaarband findet sich auf dem Boden neben der Sofalehne.

Hubert hebt eine Ladung Konfetti auf und spannt das Gummi wie eine Steinschleuder zwischen seinen Fingern. Genüsslich beschießt er Silas, als Rut gerade nicht hinschaut. Doch Silas nimmt Hubert das Haarband ohne großen Aufwand ab und legt es in seine Koje.

Zu allem Überfluss sitzt Anna am Mikrofon von Radio Ruhest☺rung. Sie meldet über die Lautsprecher: „Heute wartet ein strahlender Dienstag im Mai auf uns. Keiner wird Gummistiefel brauchen. Da können sie in aller Ruhe weiter in den wunderschön von Lotse Silas sortierten Regalen trocknen.“

Silas knirscht leise mit den Zähnen.

Jetzt lacht Rut: „Siehst du, du kannst es doch. Die Schüler auf der ‚Senfkorn' sind sehr zufrieden mit dir!"

Im nächsten Moment ist Anna wieder klar und deutlich zu hören. „Ich erzähle euch heute Morgen etwas von einem kleinen Samenkörnchen, das manchmal unterschätzt wird. Jesus hat darüber eine Geschichte erzählt: das Gleichnis vom Senfkorn. Das Senfkorn ist ein winziger Samen, kleiner als andere Sorten.

Ein Mann hatte ein Senfkorn in der Hand. Er nahm es und trug es in den Garten. Mit dem Finger drückte er ein kleines Loch in ein Beet und legte das Samenkorn hinein. Darüber streute der Mann lockere Erde.

Nun brauchte das Senfkorn noch Wasser und Wärme, um ans Licht zu wachsen. Es dauerte eine Weile, aber schließlich schaute eine kleine Pflanze aus dem Boden heraus. Sie wurde sehr schnell größer und größer und noch größer.

Aus dem Strauch wurde ein Baum. Und die Vögel kamen in den Garten. Sie ruhten sich auf den Ästen des Senfbaumes aus und bauten ein Nest."

„Ah, ich kann das nicht hören. Diese eingebildeten Senfkörner. Jetzt meinen sie wieder, sie wären besser als wir Lotsen", klagt Hubi. Er rauft sich verbittert die Haare.

„Das ist Folter", mault Silas.

Rut lacht nur. „Nein, es ist ein Gleichnis. Wusstet ihr, dass diese besonderen biblischen Geschichten immer von Dingen auf der Erde handeln, die wir kennen? Und obwohl es darin oft um ganz alltägliche Sachen geht, geben sie uns Hinweise auf Gott und seinen Plan.

Gott fängt häufig ganz unscheinbar und im Verborgenen an zu arbeiten. Er pflanzt etwas in uns, in diese Welt ein, das wächst und sich ausbreitet. Und es wird häufig viel größer, als wir Menschen es je für möglich gehalten hätten. Das finde ich total spannend!"

Rut blickt durch die Kabine und schließt die Türen des tiefen Schrankes. „Den Koffer nehme ich mit in den alten Maschinenraum. Dort lagern wir die sperrigen Sachen." Dann zeigt sie auf ein feuchtes Wäschebündel in der Ecke: „Diese Sachen wäschst du sofort, Silas!"

„Zeugwäsche machen!", quatscht Hubert dazwischen.

Rut blitzt ihn genervt an. „Ich rede! Wo die dafür geeigneten Maschinen stehen, weißt du ja, Silas: auf der MS Senfkorn." Mit diesen Worten geht sie, und Silas verzieht das Gesicht zu einer finsteren Grimasse.

„Na, dieser Tag kann nur noch besser werden", kommentiert er Ruts Überfallkommando. Jedoch liegt er mit dieser Einschätzung total daneben.

6. Piranha und Kombüsendienst

Mann, Mann, Mann", stöhnt Hubi und streut Pulver in die Waschmaschine. „Und diese ganze Aufregung ohne Frühstück!"

„War übrigens echt nett von dir, mich gestern ganz allein den Senfkörnern zu überlassen", sagt Silas und meint das genaue Gegenteil.

Hubi schaut nur kurz verlegen zur Seite. Dann verkündet er großspurig: „Ach, das war Pillepalle. Dir ist doch nichts passiert, oder? Der Kopf ist drauf, die Haare sind dran. Die sind übrigens viel zu lang. Du siehst aus wie ein Mädchen!"

Silas wirft Hubi einen vernichtenden Blick zu. „Hat dir schon einmal jemand gesagt, dass du als Fisch Karriere machen könntest?! Deine Augen glubschen in etwa so durch die Gegend wie bei Flossentieren!" Er drückt auf „Start", und die Waschmaschine brummt los.

„Blub, blub, blub", macht Hubi. „Ich wäre dann gerne ein Piranha." Und schon schlägt er seine klappernden Zähne gefährlich nah an Silas' Schulter zusammen.

„Du bist echt gruselig, Hubi", stöhnt Silas. Er kann dem überdrehten Typ nicht böse sein.

„Auf geht's, wir schwimmen zum Frühstück", grinst Hubi. Seine Arme werden zu rudernden Flossen. „Ich bin ein Piranha. Blub!"

„Der ist total durchgeknallt", denkt Silas. „Aber ich mag ihn."

Die anderen Schüler beachten Hubert nicht sonderlich – sein Verhalten scheint für sie nichts Neues zu sein. Beim Frühstück isst er die Haferflocken trocken. „Fischfutter“, murmelt er und holt später gebratene Würstchen nach, um den Fleischbedarf eines Piranhas zu decken.

Emma geht am Tisch vorbei und starrt die beiden Jungen finster an.

Silas erzählt seinem Lotsenkollegen von den verschwundenen Sachen und Emmas Verdacht, worauf die Haferflocken einzeln aus Hubis Mund bröseln. Das sieht nicht schön aus, und Silas macht schnell die Augen zu. Deshalb bekommt er nicht mit, dass Hubert aufspringt und Emma hinterherläuft.

Er sitzt allein, bis Anna erscheint. Sie schiebt angeekelt Huberts seltsame Frühstücksmischung beiseite und stellt ihren Teller ab.

„Bist du nicht am Mikrofon?“, will Silas wissen und fügt sofort hinzu: „Ach nein, du sitzt mir gegenüber!“

„Blitzmerker. Tom ist heute dran“, erklärt Anna grinsend, aber gleich darauf zieht sie die Augenbrauen hoch. „Oh, oh, Tatütata hat dich entdeckt und kommt geradewegs auf dich zu, Silas. Er sieht aus wie ein Feuerwehrschlauch kurz vor dem Platzen.“

Der Schulleiter bleibt neben Silas stehen. „Ich kann mich nicht daran erinnern, einen neuen Schüler in seinen ersten Tagen hier an Bord so häufig aufgerufen zu haben wie dich, Silas.“

Da Silas keine Ahnung hat, was er sagen soll, springt Anna für ihn ein. „Ach, Herr Feuerbach, so merken Sie sich schneller seinen Namen. Und gestern Abend konnte er wirklich nicht kommen. Er hatte Gummistiefeldienst!“ Das Mädchen lächelt den Schulleiter freundlich an.

Der nimmt einen freien Stuhl vom Nachbartisch und setzt sich zu ihnen. Er scheint sich besänftigen zu lassen, denn er wechselt das Thema. „Anna, es wäre prima, wenn du Silas helfen würdest. Er muss eine Menge Lernstoff aufholen. Ich schlage vor, dass ihr beide jeden Tag die Stunde nach der Frühstückspause dafür nutzt. Silas bekommt Extra-Aufgaben, und du gehst sie mit ihm durch, okay?“

Anna nickt. „Ja, klar.“

Silas staunt über ihre Hilfsbereitschaft.

„Prima, vielen Dank. Wie du siehst, Silas, macht jeder hier an Bord etwas für die Gemeinschaft. Du kannst dir überlegen, wo du mitmachen möchtest.“

„Das ist klar! Bei Radio Ruhest☺rung!“, platzt Anna dazwischen.

Doch Herr Feuerbach schüttelt den Kopf und redet weiter, ohne Annas Vorschlag zu beachten. „Einige Schüler kümmern sich um die Fahrräder und reparieren sie. Andere schauen nach dem Sportplatz, helfen in der Waschküche, spielen in der Band oder singen im Chor, moderieren das Schülerradio“, dabei schaut Tatütata Anna etwas strafend an, „oder helfen im Schulgarten.“

„Am Ende gibt es noch einen Bauernhof mit Streichelzoo“, vervollständigt Silas belustigt diese Aufzählung.

Der Rektor stöhnt, legt dann aber nach: „Nein, nein. Allerdings überlege ich, eine Karpfenzucht zu beginnen. Dann kann ich zur Entspannung angeln.“

„Lieber Kois. Die bringen eine Menge Kohle“, meint Silas. „Oder Piranhas.“ Dabei denkt er an Hubert.

„Ich sehe schon, wir haben uns verstanden. Und es wäre wirklich prima, Silas, wenn du erstens: dich nicht ständig in dem eiskalten Wasser tummeln würdest. Zweitens: deine Aufgaben gewissenhafter erledigen würdest als bisher. Und drittens: ich dich nicht ständig suchen und ausrufen lassen müsste.“

Der Schulleiter hat nicht laut geredet, doch an den umliegenden Tischen sind die Gespräche verstummt.

Silas merkt, dass er rot wird. Die Situation ist ihm peinlich.

Er will sagen, dass er für manche Sachen gar nichts konnte, aber Anna ist schneller als er. „Jetzt sind Sie aber viel zu streng, Herr Feuerbach. Silas ist gerade erst angekommen. Ganz allein. Nach den Sommerferien fangen immer mehrere Neue gleichzeitig an. Da fällt Ihnen nicht so schnell auf, dass die auch Mist machen und zu spät kommen. Man muss sich erst eingewöhnen. Wir Seeleute sind ein bisschen speziell.“

„Na gut“, lenkt Herr Feuerbach ein. „Aber deinen verpassten Spüldienst in der Kombüse holst du nach, Silas. Und wag es nicht, zu spät in meinen Unterricht zu kommen! Dort hinten steht ein Eimer samt Feudel. Du kannst sofort mit dem Saubermachen der Tische beginnen.“ Er steht auf und verlässt die Messe.

„Puh, danke, Anna. Du hast Tatütata echt im Griff. Ich dachte, gleich bin ich fällig. Ohne deine Hilfe hätte der gewiss ewig weitergeschimpft. Der hatte sich gerade warm geredet“, stöhnt Silas.

Anna winkt ab. „Ach, was. Tatütata ist in Ordnung. Ich weiß nicht, warum er gerade so mies gelaunt ist."

„Vielleicht hat er Stress?", vermutet Silas. „Mein Vater wird auch ganz komisch, wenn er viel zu tun hat oder Ärger ins Haus steht."

„Na, den bekommst du hundertpro, wenn du nicht sofort den Feudel schwingst. Bis gleich, Silas", verabschiedet sich Anna.

Nach seinem Kombüsendienst rennt Silas los. Jedoch nicht in die Unterrichtsräume, sondern auf die MS Lotse. Anna hat ihm ein paar Orientierungspunkte gezeigt, sodass er sich leichter auf den beiden Schiffen zurechtfindet.

„Den *Schwanenhals* umrunden und die zweite Tür *steuerbord*", murmelt Silas einem aufgestellten gebogenen Lüftungsrohr an Deck zu. Er hat eine Flasche Wasser, Knäckebrot und einige andere Lebensmittel dabei, die er in seiner Kabine im Schrank verstauen will.

Rut hat ihm die Dinge lachend ausgehändigt, als er nach einer Notfallration gegen nächtliche Hungerattacken gefragt hat. „Ihr Jungs habt immer ein Loch im Bauch", hat sie gutmütig kommentiert.

Ein richtig gutes Gefühl hat Silas bei dieser Aktion nicht. Eigentlich sammelt er nämlich einen Vorrat, um für seine Flucht vorbereitet zu sein.

Er wird wohl seinen Laptop und notfalls auch sein Handy unterwegs verkaufen müssen, um das Geld für den Flug zusammenzubekommen.

„Wenn ich erst zurück in Kolumbien bin, werden mich Mama und Papa nicht wieder wegschicken“, hofft Silas. Sein Heimweh ist größer als das schlechte Gewissen.

Und Herr Feuerbach sorgt dafür, dass seine Sehnsucht wächst: Der Unterricht macht Silas keinen Spaß. Die anderen Schüler stöhnen ebenfalls.

Anna wispert: „Seine Laune ist in der *Bilge*.“

„Wenn du meinst, dass seine Laune im Keller ist, hast du recht“, pflichtet Silas ihr flüsternd bei und kassiert sofort einen Rüffel des Lehrers.

Kurz darauf schickt sie ihm zur Aufmunterung einen Zettel, auf den sie ein Boot gemalt hat. Darunter steht: „Die *Bilge* wird auch als *Kielraum* bezeichnet. Es ist der unterste Bereich im Schiffsrumpf und steht häufig leer. Früher wurden dort Gefangene eingesperrt. Da sammelt sich zum Beispiel durch Kondensation das Bilgewasser an. Auch Dreckwasser vom Deckschrubben kann dorthin sickern.“

„Annas *Logbuch*, äh, Lexikon: Eintrag Teil 1“, murmelt Silas. Sie ist wirklich sehr um seine Bildung besorgt. Das bemerkt Silas auch wenig später: Wenn er gedacht hat, er könne bei den Aufgaben ein wenig schludern, war das eine Fehleinschätzung. Anna erklärt zwar super, sagt ihm aber keine einzige Lösung vor. Silas muss alles alleine machen.

„So werde ich nie fertig“, beklagt er sich, doch Anna gibt nicht nach. Unerbittlich besteht sie darauf, dass Silas selbst nachdenkt.

Ausgerechnet von Hubi bekommt er dieses Mal Unterstützung: Sein Lotsenkollege verschafft ihm eine Pause, indem er unverhofft in die Kabine poltert. „Was, *du* gibst Silas Nachhilfe?!“, sagt er verblüfft zu Anna. Silas kommt es so vor, als würde Hubi das nicht gefallen.

„Es war Tatütatas Idee“, rechtfertigt sich Silas.

Und Anna pflaumt Hubi an: „Was willst du? Wenn du nur ein Buch aus den Regalen brauchst, dann nimm es dir und verschwinde!“

„Ich suche meinen gelben Pulli. Ich dachte, ich hätte ihn hier liegen gelassen“, gibt Hubert genervt zurück.

„Dieses hässliche gestreifte Exemplar, in dem du wie ein krankes Krokodil aussiehst? Sei froh, dass du dieses Ding los geworden bist“, sagt Anna.

„Er ist gemütlich und warm und mein Lieblingspullover!“ Hubert ist wirklich besorgt.

„Ja, wahrscheinlich trägst du ihn sogar nachts.“ Anna blättert gelangweilt in den Arbeitsblättern, die für Silas bestimmt sind.

„Hätte ich besser, dann wäre er nicht weg“, stöhnt Hubert.

„Jeder weiß, dass der Pulli dir gehört, Hubi. Wahrscheinlich hat sich jemand einen eurer üblichen Scherze erlaubt. Früher oder später findest du das Ding am Fahnenmast oder an der Ankerkette wieder“, meint Silas.

In diesem Moment betritt Herr Feuerbach die Kabine und unterbricht die Nachhilfestunde. Er ist nicht zufrieden mit dem bewältigten Pensum. „Du wirst die restlichen Aufgaben heute Nachmittag erledigen“, gibt er Silas auf dem Weg zum Mittagessen zu verstehen.

Nun ist Silas wirklich bedient. „Ich finde, ich habe genug gelernt!“

Anna gibt ihm einen warnenden Stoß in die Rippen, doch glücklicherweise hat Tatütata Silas' Kommentar nicht mehr mitbekommen.

Die deftige Suppe in der Messe kann Silas' Stimmung nicht heben: Er findet, ihre Konsistenz ähnelt einer überreifen Honigmelone, die auf den Boden geknallt und zerplatzt ist.

„Ich erkenne lieber an den Bestandteilen, was ich esse", mault er, während er den Löffel prüfend in die sämige Pampe taucht.

Hubert sitzt ihm gegenüber und malt mit dem Essbesteck Kreise in die Suppe. „Wenn ich bloß wüsste, wo mein Pullover steckt", murmelt er immer und immer wieder.

„Mach eine Durchsage im Radio! Deinen Text hast du mindestens zehnmal geübt", schlägt Silas vor und probiert mutig einen Löffel voll.

Hubert hört gar nicht zu. „Ohne Streifen bin ich nur ein halber Mensch. Ich brauche meinen Pullover!", jammert der Radiochef vom Dienst.

Silas findet, dass er maßlos übertreibt. Wie meistens.

Plötzlich steht Tom mit einem leeren Teller vor Silas. „Ist lecker. Ich hole mir die nächste Ladung Eintopf. Hubi, hör auf zu jaulen, und iss endlich. Wir treffen uns gleich auf der Brücke!", kommandiert er.

Aber Hubert schiebt den Teller entschieden von sich. Er tut es so schwungvoll, dass sein Teller ein Stück über den Tisch rutscht und wie eine Billardkugel gegen Silas' Teller prallt. Beide schlittern gefährlich nahe an die Tischkante, die

Suppenmasse schwappt nach unten und landet auf Silas' Beinen. Der holt zischend Luft, denn der Eintopf ist heiß.

Geistesgegenwärtig gießt er sich den Inhalt seines Wasserglases über die Oberschenkel. „Du Riesenstreifenkrokodilpiranha!", schimpft er dabei.

Doch der Platz ihm gegenüber ist bereits verwaist: Hubi ist aufgestanden und verlässt gerade den Saal.

„Jetzt lässt der mich schon wieder alleine in der Patsche sitzen", hadert Silas mit seinem Schicksal. Er kann es kaum fassen, dass er erneut im Mittelpunkt steht: Senfkörner und Lotsen kichern los. Einige Finger zeigen auf ihn.

Tom organisiert Tücher und holt einen Putzeimer. „Zisch ab in deine Kabine. Ich mach den Platz sauber", bietet er an.

„Danke", murmelt Silas und putzt einen Teil der Suppe von seiner Hose. Mit gesenktem Kopf hastet er dann über Deck. Heute geht wirklich alles schief!

7. Begegnung mit einer Schreckschraube

Jetzt ist Silas froh, dass sein Schrank ordentlich eingeräumt ist und er sofort eine saubere Hose findet. Er zieht sich um und plumpst auf das Sofa unter der Koje.

Da knistert etwas: Silas hat sich auf seine Hausaufgabenblätter gesetzt. Schnell zieht er sie hervor und versucht, die schlimmsten Knickfalten glatt zu streichen. Anschließend nimmt er ein Buch als Unterlage und beginnt mit der Schreibarbeit. Ganz ordentlich wird es nicht, aber das ist Silas egal. Soll Herr Feuerbach doch selbst sehen, was er von dem Gekrakel lesen kann.

„Puh, ich muss im Atlas alle Hauptstädte Europas heraussuchen und in diese Karte einzeichnen. Dazu habe ich gar keine Lust. Ich glaube, diese Aufgabe habe ich übersehen."

Silas wendet sich der nächsten Nummer zu: Hier geht es um Südamerika. Das findet er spannender, und die Lösungen hat er rasch notiert. „Ich brauche eine Pause", sagt er dann, steht auf und schlendert zum Schreibtisch.

Durch das Bullauge sieht er, dass draußen in der Bucht ein paar Ruderboote unterwegs sind. Zwei Mädchen paddeln in einem Kanu und werden gerade von einem quietschgelben Schlauchboot attackiert. Silas kann ihre empörten Schreie bis in die Kabine hören.

Eine Wasserschlacht beginnt: Ruder schicken Wassersalven auf die Gegner. Das wendige Kanu der Mädchen dreht ab und flieht. Daraufhin jubelt die Besatzung des Schlauchbootes und nimmt Kurs auf ein grünes Ruderboot.

Silas schaltet seinen Laptop ein und schaut weiter hinaus, bis das Gerät hochgefahren ist. Seine Mitschüler scheinen eine Menge Spaß zu haben.

„He, Lukas hat geschrieben. Und Mama!" Erfreut vertieft Silas sich in die Mails. Sein kleiner Bruder Lukas hat ein Bild von Sammy, dem Familienhund, mitgeschickt. Silas schluckt. Wie gerne wäre er zu Hause und würde mit Lukas auf ihren Rädern unterwegs sein!

Er würde sogar, ohne zu meckern, im Haushalt helfen oder seine Bude aufräumen ... Silas' Augen jucken, als säßen dort ein paar Tränen, die unbedingt geweint werden wollen. Eilig blinzelt er sie fort und sortiert stattdessen seine fast fertig ausgefüllten Blätter.

„Das muss reichen. Ich bringe die Dinger gleich zu Tatütata", beschließt er. Er wäscht sein Gesicht und zieht das wiedergefundene Sporthaarband über die Stirn. Statt des dunkelblauen Lotsen-T-Shirts trägt er nun sein eigenes schwarzes Trainingshemd. Das fühlt sich gut an.

Als Nächstes holt er seinen Rucksack hervor und beginnt, einige seiner Lieblingssachen und etwas Kleidung hineinzupacken. Schon bald ist der Rucksack fast voll, und Silas muss entscheiden, welche Dinge er bei seiner Flucht zurücklassen will. Zum Schluss quetscht er noch die Lebensmittel dazu. Die Wasserflasche muss ins Außenfach.

„Fertig", stellt er fest und platziert den Rucksack in die Ecke neben dem Sofa. Davor rollt er seinen Fußball. Mehrere Spieler der kolumbianischen Nationalmannschaft haben ihn signiert, und Silas ist stolz auf den kostbaren Ball.

Nach einem kurzen Antippen mit dem Fuß springt der Ball nach oben, und Silas balanciert ihn auf dem Spann. Bedauernd lässt er ihn schließlich in die Ecke rollen, schnappt die Blätter und verlässt seine Kabine.

Da er in seine eigenen Überlegungen vertieft ist, bemerkt er nicht, dass seine Schritte beobachtet werden. Er überquert den Steg zur „Senfkorn“ und bleibt kurz an der Reling stehen.

Am Bootshaus sind alle Tore zum Wasser hin geöffnet. Zwei *Optimisten*, die kleinen Schülersegelboote, gleiten in die Bucht hinaus. Neben der Scheune haben Laura und Robin einen Fahrradparcours aufgebaut. Er sieht knifflig aus, mit kleinen Rampen, einer breiten Wippe und bunten Pylonen. Silas würde ihn am liebsten sofort ausprobieren. Stattdessen steigt er widerwillig die Stufen zu den Unterrichtsräumen hinauf. Dort befindet sich das Büro des Schulleiters.

Silas klopft und wartet. Nichts passiert. Da legt er sein Ohr an die Tür: Es ist eindeutig jemand im Raum. Allerdings nicht nur einer – es scheinen mehrere Personen zu sein.

Unschlüssig schaut Silas auf die Papiere in seiner Hand. „Soll ich einfach wieder gehen und später wiederkommen?“ Der Junge ahnt, dass das die bessere Entscheidung wäre. Doch er möchte die Zettel jetzt loswerden. „Sonst vergesse ich sie!“

Silas hämmert erneut gegen das Holz, und nach einer Weile drückt er die Klinke herunter. Vorsichtig schiebt er seinen Kopf durch die Tür. „Herr Feuerbach?!“, fragt er zögernd und macht einen Schritt ins Büro.

„So geht das nicht!“, hört Silas jemanden sagen.

„Das ist eindeutig nicht Tatütata. Haben die ein Lehrersippentreffen?“, fragt er sich, und nachdem er sich noch ein Stück weiter vorgewagt hat, kann er die Runde am Tisch sehen: zwei Männer im feinen Zwirn, drei Frauen in ebenso edlen Klamotten und Herr Feuerbach mit Schlips und Kragen.

An seinem geröteten Gesicht kann Silas ablesen, dass der Schulleiter mit den Forderungen der Besucher nicht einverstanden ist. Silas hat diese Leute noch nie gesehen. Aber er kennt bisher ohnehin nicht alle Lehrer, Schüler und sonstigen Seeleute.

Die Kabine des Rektors ist so eng, dass die Menschen am Tisch fast mit den Knien gegeneinanderstoßen.

„Herr Feuerbach?!“, krächzt Silas wieder, und dieses Mal nimmt eine streng aussehende Frau Notiz von ihm.

Der an ihrem Hinterkopf festgezurrte Dutt aus schwarzen Haaren scheint ihre Haut aus dem Gesicht nach hinten zu ziehen, sodass ihre Nase wie ein spitzes Geodreieck hervorsteht. „Wir haben eine wichtige Besprechung! Wir wollen nicht ständig gestört werden!“, keift sie unfreundlich.

Bei unerträglichen Schreckschrauben lässt Silas augenblicklich jede Höflichkeit fallen. „Ich bin nicht STÄNDIG, ich heiße Silas“, kontert er, bevor er die Dame ignoriert und mit seinen Blättern wedelt. „Ich lege Ihnen diese ungemein wichtigen Aufgaben auf Ihren Schreibtisch, Herr Feuerbach!“ Silas verpasst den Papieren die richtige Flugbahn, und sie segeln durch die Luft. Mitten auf der Platte bleiben sie liegen.

„Für eine bessere Wirkung wäre es schöner gewesen, die Arbeitsblätter hätten nicht so viele Knicke“, denkt Silas, bevor er sich schleunigst trollt. Die verdatterten Mienen von Tatütata und den fünf Besuchern waren zu lustig. Besonders die der Krähe mit Dutt hat Silas für die unfreundliche Behandlung entschädigt.

„Jetzt habe ich frei!", freut er sich und schlendert zum kleinen Kiosk. Dort verkaufen einige Schüler am Nachmittag Süßigkeiten und anderen Kleinkram. Silas ersteht einen Schokoriegel und geht weiter. Vor der großen Weltkarte in der Messe hält er an und liest die Überschrift, die in großen Buchstaben darüber steht:

„Jesus spricht: ‚Mir ist alle Macht im Himmel und auf der Erde übergeben worden. So geht los, und macht alle Völker zu meinen Schülern. Taucht sie im Wasser unter, hinein in den Namen des Vaters und des Sohnes und des heiligen Gottesgeistes. Tragt ihnen auf, alles zu beachten, was ich euch als Auftrag anvertraut habe. Und wirklich: Ich bin mit euch alle Tage bis zur Vollendung der Welt.'"

Das ist das Motto der Schule auf den beiden Schiffen. Silas hat diese Worte schon oft gehört und sie schon selbst in der Bibel gelesen. Sie gefallen ihm. Jesus hat eine schwierige Aufgabe gestellt, aber gleichzeitig versprochen, dass er seinen Schülern hilft und immer mit ihnen mitgeht.

Neugierig betrachtet Silas die schwarzen Linien, die die gezackten oder gerade verlaufenden Ländergrenzen auf den Kontinenten anzeigen. Über die ganze Erde verteilt, in mächtig vielen Ländern, stecken kleine Fahnen. Sie markieren Orte, an denen Missionare leben, die von Jesus erzählen. Und die Kinder dieser Missionare wohnen in der Schiffsschule, entweder auf der

MS Lotse oder der MS Senfkorn. Am Tag seiner Ankunft hat Silas mit seinem Vater ihre Heimatstadt in Kolumbien mit einem blauen Fähnchen versehen. Dort steckt es jetzt, weil er hier ist. Und ein gelber Faden verbindet seine Fahne mit dem Ort, an dem die MS Lotse und die MS Senfkorn im Wasser liegen.

Silas weiß, dass Huberts Eltern in Kenia sind. Und Anna hat Nepal erwähnt. Auch dort findet Silas die kleinen Wimpel. Emmas Mutter hat eine Firma, und Toms Vater ist Rechtsanwalt. Aber die Städte, in denen sie arbeiten, sind nicht näher bezeichnet.

Hungrig beißt Silas in seinen Schokoriegel. Schließlich ist der Eintopf auf seiner Hose statt im Magen gelandet.

„War's lecker?!", wird er da zickig von der Seite angequatscht. Laura steht neben ihm an der Karte, und diesen Tonfall hat sie sonst ausschließlich für ihren Bruder reserviert.

„Äh, nein, was denn? Die Schokolade? Der Eintopf?", fragt Silas verwundert.

Laura funkelt ihn böse an. „Tu bloß nicht so unschuldig!", zischt sie.

Silas hat keine Ahnung, wovon sie spricht. „Euer Fahrradparcours sieht cool aus", sagt er deshalb und weist mit dem Kinn in Richtung Bootshaus.

Doch das Lob besänftigt Laura kein bisschen. „Du hast unsere Dose geplündert! Sie ist leer. Nicht mal einen Krümel hast du zurückgelassen."

„Was?!", stößt Silas empört heraus. „Ich war nicht im Schuppen. Ich bin kein Dieb! Und eure trockenen Kekse will ohnehin niemand!"

„Und ich habe dir auch noch gezeigt, wo unser Versteck ist. Ich muss wahnsinnig gewesen sein. Du bist ein echter Hamster, Silas! Und ein Lügner dazu", klagt Laura ihn an. „Emmas Fresspaket hast du auch genommen. Gib ihr wenigstens diese dämliche Decke wieder zurück!"

„Du hörst mir nicht zu. Ich habe gesagt, dass ich damit nichts zu tun habe!" Silas wird allmählich wütend. Was für ungeheure Behauptungen stellt dieses Mädchen auf.

„Du hamsterst und plünderst. Seitdem du auf den Schiffen bist, verschwinden Sachen. Und du schleichst wie ein Ganove durch die Gänge. Ich habe Augen, Silas. Ich warne dich: Hör auf damit, sonst kannst du dich einmotten!" Mit dieser Drohung lässt Laura den Jungen verdattert vor der Landkarte stehen.

Bevor er ihr nachlaufen und sie zur Rede stellen kann, sieht er Emma vorbeigehen. Sie scheint es eilig zu haben.

„Die kaufe ich mir. Es kann nicht sein, dass sie einfach Lügen über mich verbreitet!" Silas rennt los. Er sieht, dass Emma die „Lotse" ansteuert, und nimmt die Verfolgung auf. Sein halb gegessener Schokoriegel fliegt ins Wasser, da ihm der Appetit auf Süßigkeiten gründlich vergangen ist.

Emma benutzt schmale Treppen, die Silas bisher noch nicht einmal bemerkt hat. Es geht immer höher hinauf bis zur Brücke, wo früher der Kapitän seinen Dienst geschoben hat.

„Die Radiostation. Von hier sendet ‚Ruhest☺rung'!", fällt Silas ein. Aber was will Emma dort? Er schlüpft hinter dem Mädchen in einen großen Raum, der an drei Seiten Fenster für einen super Rundblick hat. Die Rückseite ist gespickt mit Kabeln und Technik.

Hubi hantiert mit einem schief sitzenden Kopfhörer am Mikrofon. Über ihm brennt ein rotes Licht. Er blubbert etwas ins Mikro und schiebt einen Regler nach oben. Daraufhin ertönt laute Musik, und die Warnlampe verlischt.

„Hallo, Nervensäge", sagt Hubi, ohne sich umzudrehen.

„Na, Großkotz. Du führst dich auf wie ein verhinderter Piratenkapitän", kontert Emma. Silas Anwesenheit hat bisher niemand bemerkt.

„Pass bloß auf, dass ich dich freche Minigöre nicht an deinem Zöpfchen hinten am Steuermannmützenkleiderhaken aufhänge", führt Hubert den Streit mit einem Wortungetüm fort.

Emma schnaubt nur.

„Ihr winzigen Senfkörner, ihr seid zu nichts zu gebrauchen!", hetzt Hubert weiter.

„Warum? Sie wachsen wie Unkraut", schaltet Silas sich ein.

Daraufhin blicken ihn vier Augen erstaunt an. „Wo kommst du denn her?", scheinen sie zu fragen.

„Senfkörnersamen werden zu großen Bäumen!", trumpft Emma auf.

„Lassen wir das", murmelt Hubert und richtet seine Aufmerksamkeit wieder auf das Mischpult vor sich. Seine Finger fliegen über Knöpfe, Rädchen und Regler.

Die Lampe an der Wand geht wieder an, Hubi fängt an zu reden und Emma legt den Finger auf ihre Lippen. Warnend schaut sie Silas an.

Aber der hat längst kapiert, dass Hubert „auf Sendung" ist, und wartet ab. Sonst würden ihre Stimmen mit durch das ganze

Schiff gesendet werden. Als er die Ausstattung der ehemaligen Funkerbude betrachtet, steigt Hubert in seiner Achtung. Man muss bestimmt ziemlich clever sein und eine Menge draufhaben, um Radio Ruhest☺rung über die Lautsprecher zu schicken.

„Hubert, hast du eigentlich deinen Pullover wiedergefunden?“, will Emma in der nächsten Musikpause wissen. Sie hat den Schreibtischsessel neben Hubi in Beschlag genommen und liest neugierig seine Notizen.

Der Radiochef grunzt unfreundlich, und Silas deutet es als ein ärgerliches „Nein“.

Nun kommt Emma wieder auf ihre verschwundenen Sachen zu sprechen. „Und Silas …“, will sie fortfahren, doch Hubert unterbricht sie.

„Ja, ja, das hast du mir erzählt. Aber du hast keinen Beweis dafür. Also verbreite keine Verdächtigungen, denn das macht schlechte Stimmung. Wir müssen systematisch an die Sache rangehen.“

Silas kommt sich wie ein überflüssiges Möbelstück vor: Die beiden reden über ihn, als wäre er nicht da. Das muss sich ändern.

„Du startest jetzt über den Äther einen Aufruf: Jeder, der in den letzten 7 Tagen etwas verloren hat, soll sich melden. Wir schreiben die Namen, das Datum und die Sachen auf. So bekommen wir einen Überblick. Und außerdem wissen alle auf den Schiffen, was fehlt, und suchen mit“, schlägt er ganz cool vor.

Hubert und Emma wirbeln gleichzeitig in ihren Sesseln zu ihm herum.

„Der Song ist zu Ende!“, informiert Silas den Chef vom Dienst, worauf dieser in Hektik verfällt. Er verhaspelt sich bei seiner Ansage und dreht am verkehrten Knopf. Emma springt rasch ein und hilft ihm bei der Schadensbegrenzung.

Dann stellt Hubi fest: „Wow! Super Idee, Silas. So machen wir es. Aber du musst uns dabei unterstützen. Die kleine Emma hier von der ‚Senfkorn‘ wirft die Dinge nämlich gerne durcheinander.“

Empört streckt Emma ihm die Zunge heraus und will gerade eine wüste Beschimpfung loslassen, als Anna die Brücke betritt.

Die Moderatorin mit den strubbeligen Haaren stößt das Steuerrad an. Das kreist eine halbe Runde und bleibt dann stehen. Warum die aktuelle Sendung gerade im Chaos versinkt, will Anna nun wissen.

Hubert ignoriert sie. Er scheint fieberhaft die Musikliste zu erweitern, um Zeit für weitere Beratungen zu gewinnen. „Warum kommst du erst jetzt?!“, schnauzt er Anna schließlich an.

„Ich hatte zu tun“, erklärt die hochnäsig, und es folgt eine ungemütliche Pause, bis Emma hastig anfängt zu reden. Sie berichtet von den geraubten Dingen und Silas’ Einfall.

Daraufhin betrachtet Anna Silas anerkennend. „Ich wusste sofort, dass du einen guten Reporter für Radio Ruhest☺rung abgeben würdest. Coole Idee, um eine peppige Story zu bringen. Wir ermitteln, und alle anderen sind mit beteiligt. Das wird ein Knaller.“

„Es darf allerdings keine Hetzjagd werden!“, warnt Silas.

Emma scheint sich mittlerweile für ihre vorschnelle Anschuldigung zu schämen, denn sie knetet nervös ihren Zopf mit einer Hand und vermeidet es, Silas anzusehen.

Anna stimmt Silas zu: „Das wird nicht einfach. Aber du hast recht. Wir müssen genau überlegen, was wir sagen und wie wir vorgehen. Emma, würdest du Tom holen? Wir könnten eine Sondersendung bringen!“

Und plötzlich ist Silas mit dabei – beim Schülerradio. Gemeinsam tüfteln sie an einer Strategie. Die schlechte Laune von Emma, Hubert und Silas verfliegt. Und seine Pläne für eine Reise nach Kolumbien verschiebt Silas auf den nächsten Tag.

8. Ein geheimnisvolles Geräusch

Piebidibiep, piep, piep!“, ertönt es mitten in der Nacht in der stockdunklen Kabine. Es klingt fast wie ein Funksignal.

Silas stöhnt auf, wälzt sich auf die andere Seite und schiebt seinen Kopf unter das Kissen. Gerade, als er wieder in den Schlaf driftet, piept es erneut ganz in seiner Nähe. Und es hört einfach nicht auf.

Genervt wirft Silas die Decke zurück und springt aus der Koje, um nach der Lärmquelle zu suchen. Zuerst hat er das Radio in Verdacht und presst deshalb sein Ohr an den Lautsprecher. Nein, Radio Ruhest☺rung ist nicht für diesen ätzenden Ton verantwortlich. Schließlich führt ihn das Piepen in Richtung Schreibtisch.

„Es hört sich an, als käme es vom Boden!“ Silas bückt sich, da verstummt das Geräusch. „Verflixter Rotz!“, schimpft er und rammt sein Knie versehentlich gegen das runde Metallbein unter der Schreibtischplatte.

Wütend tastet er nach dem Lichtschalter. Als die Birne aufflammt, dreht er die Schreibtischlampe so, dass sie den Fußboden beleuchtet. „Los, sprich, du Mistding!“, fordert Silas.

Doch nichts passiert, und der Auslöser des unangenehmen Tones lässt sich nirgends entdecken.

„Wenn ich nur wüsste, wonach ich überhaupt suche. Ist das vielleicht ein Wecker, den mein Vorgänger irgendwo vergessen hat? Oder eine Eieruhr? Oder steht in einer anderen Kabine eine Mikrowelle, die durchbrennt und alarmiert? Es muss klein sein, sonst hätte ich es bereits aufgespürt."

Genervt humpelt Silas wieder zu seiner Koje und klettert hinein. Das Licht lässt er sicherheitshalber brennen. Ob die Senfkörner für diesen Streich verantwortlich sind?

Silas betrachtet seine neue Bude noch einmal ganz genau. Eigentlich ist sie echt gemütlich, ein bisschen schmal, aber schöner als sein Zimmer zu Hause, das er mit Lukas geteilt hat. Jeder Zentimeter der Kabine ist optimal ausgenutzt.

Die weiße Schreibtischplatte erstreckt sich über die gesamte Kabinenbreite an der Wand entlang. Vorne wird sie von zwei dicken runden Metallbeinen gehalten. Darunter parkt ein Rollcontainer mit Schubladen neben dem Mülleimer, den man mit einem gezielten Wurf vom Sofa gut treffen kann. Das hat Silas bereits ausprobiert.

Über der Couch hängt in luftiger Höhe die Koje. In dem kleinen Regal am Fußende bewahrt Silas ein paar Bücher und wichtige Kleinigkeiten auf: Da ist der Feuerstein, den er mit Lukas auf einer Entdeckungstour gefunden hat. Daneben liegen das Taschenmesser, der Kompass, das Fotoalbum und Silas' Bibel, die ein bisschen zerfleddert aussieht.

„Ich bin wach. Da kann ich genauso gut etwas lesen", denkt Silas und klappt seine Bibel auf. Das Bändchen steckt in der Apostelgeschichte. Dort stehen die Erlebnisse von seinem Namenskollegen Silas, der mit Paulus unterwegs war. Silas hat häufig darüber nachgedacht, wie es wohl war, vor 2000 Jahren zu leben. Und so wie die allerersten Missionare von Stadt zu Stadt und in völlig unbekannte Länder zu ziehen.

Die meisten Reisen machten die Missionare, die man Apostel nannte, zu Fuß. Das ging nicht sonderlich schnell, doch sie lernten viele Menschen kennen, und ihnen passierten die spannendsten Abenteuer.

Silas stopft das Kissen in seinen Rücken und winkelt die Knie an, während er mitverfolgt, wie der Silas aus der Apostelgeschichte mit Paulus in der Nähe von Philippi ankommt, dieses Mal sogar mit dem Schiff. Die beiden gehen am Ruhetag an den Fluss. Dort haben sich Frauen zum Beten getroffen.

Der Silas in der Koje bedauert ein bisschen, dass es immer Paulus war, der die großen Reden vom Stapel ließ, während Silas nur schweigend im Hintergrund stand. Aber Paulus wäre echt ein blöder Vorname gewesen. So will Silas auf keinen Fall heißen.

Jetzt kommt eine Frau ins Spiel, die den gleichen Namen wie Silas' Mutter trägt: Lydia. Deshalb mag Silas diese Erzählung total.

Diese Lydia von früher ist eine Händlerin: Sie verkauft kostbare Stoffe, die mit Purpur gefärbt worden sind. Lydia hört Paulus zu.

„Jesus ist Gottes Sohn. Er ist gekommen, um unser Freund zu sein. Wir können jederzeit mit ihm reden, zu ihm beten. Er hört uns zu, und er wird uns helfen. Das hat Jesus fest versprochen", predigt Paulus.

Lydia glaubt ihm und lässt sich direkt im Fluss taufen. Und sie möchte noch viel mehr über Jesus wissen. Sie gibt keine Ruhe, bis Silas und Paulus damit einverstanden sind, ein paar Tage als Gäste in ihrem Haus zu bleiben.

Silas hat gar nicht bemerkt, dass ihm die Augen zugefallen sind. Wenig später schreckt er hoch, weil ihn ein Piepen geweckt hat. Seine Bibel ist von seinen Knien gerutscht und liegt neben ihm in der Koje.

Schlaftrunken wankt er zum Schreibtisch. Er versucht, genau hinzuhören. Doch das Alarmsignal ist zu kurz, und gleich darauf ist alles wieder ruhig. Silas ist so sauer, dass er mit der Faust auf die Tischplatte schlägt. Ein Bleistift hüpft in die Höhe. „War das Brett schon immer schief und hat gewackelt?“, fragt er sich flüchtig.

Da lenkt ihn ein leiseres Piepgeräusch ab. Es scheint von der Kabine nebenan zu kommen. Aber nicht aus Hubis Richtung, sondern aus der entgegengesetzten.

Silas schlurft müde zur Tür und horcht in den Gang. Von überallher ertönt dieses Piepen. Was ist das bloß?

Verstrubbelte Lotsen erscheinen im Gang. „Hörst du das auch? Kommt es aus deiner Kabine?“

„Ich will schlafen!“

„Das Gepiepe hat mich drei Mal geweckt“, mault einer der Schüler. Von Hubert entdeckt Silas keine Spur. Hat der vielleicht etwas mit dem nervigen Lärm zu tun? Oder schlummert er tief und fest und ist nicht weckbar?

Allmählich lässt das penetrante Geräusch nach. Ein paar vereinzelte Pieptöne machen sich noch bemerkbar, und dann ist es endlich still. „Wenn das noch einmal losgeht, flippe ich aus“, droht ein Mädchen erbost.

Silas zieht Bettdecke und Kopfkissen von seiner Koje und tappt durchs Badezimmer in die Nachbarkabine, wo Hubert schnarchend auf seiner Matratze liegt. Silas wirft sich auf das Sofa und richtet sich dort häuslich ein.

„Wenn ich Hubis Schnorcheln ausblenden kann, werde ich eine Mütze Schlaf bekommen“, denkt er und kuschelt sich tiefer in die Polster.

„Piebidibiep, piep, piep!“

„Nein!“, brüllt Silas.

Hubert schreit erschrocken: „Wer ist da? Was ist los? Feuer? Überfall?“

Zeitgleich springen Silas und Hubi auf den Boden.

Noch ein kurzes „Piep!“, dann herrscht Ruhe. Doch nun dringen aus Silas' Kabine die verdächtigen Töne. Vorhin hat er vergessen, die Türen zu schließen.

Er stürzt zurück, verheddert sich unterwegs im Bad in einem Handtuch und reißt aus Versehen die Zahnbürsten vom Bord unter dem Spiegel. Die Zahnpastatube segelt in hohem Bogen hinterher.

In seiner Kabine findet Silas nur Stille vor.

„Diese Mist-Senfkörner!“, schimpft Hubi, der inzwischen kapiert hat, dass es sich um einen Streich handeln muss. „Wie haben die das gemacht? Ist das ein Computervirus? Oder schicken die den Ton über die Handys?“ Er schüttelt probeweise Silas' Laptop.

„He, mach den nicht kaputt“, verlangt Silas und stellt das Gerät betont vorsichtig auf der Schreibtischplatte ab. Die kippelt. Da kommt Silas plötzlich eine Idee, und er schaut sich den Metallfuß genauer an. „Hast du einen Schraubendreher?“, will er von Hubi wissen.

„Na klar, immer dabei“, murmelt der gähnend und zeigt auf seine Pyjamahose, die keine Taschen hat. Daraufhin krabbelt Silas in seine Koje und tastet nach dem Taschenmesser mit den verschiedenen Funktionen. Er hakt eine breite Klinge in den Kopf einer Schraube. Diese hält mit drei anderen Vertretern das runde Bein des Tisches fest. Mühsam schraubt Silas nun den Metallfuß ab.

„Achtung!“, warnt er Hubert, als das Rohr umfällt und auf den Boden kracht. Silas nimmt das Schreibtischbein und dreht es um.

Da verrutscht ein Gegenstand im Inneren des Rohres und plumpst gleich darauf in Silas’ ausgestreckte Hand: Eine neongrüne Stoppuhr blinkt, bevor sie zwei weitere Piepgeräusche von sich gibt und verstummt.

„Ein geniales Versteck“, muss Hubert anerkennen. Er schnappt die kleine Stoppuhr und untersucht sie genauer. „Die kann man programmieren: Uhrzeit, Dauer, Häufigkeit und die Tage. So viel Grips hätte ich den Senfkörnern nicht zugetraut. Man sollte seine Gegner nie unterschätzen!“

Jetzt holt er sein Bettzeug in Silas’ Kabine. „Deine Bude ist geräuschesteril und wanzenfrei. Ich penne jetzt hier. Meine Stoppuhr suchen wir morgen.“ Und mit diesen Worten macht er sich in Silas’ Koje breit. „Du darfst auf dem Sofa schlafen, Silas“, erlaubt er huldvoll und fängt im nächsten Moment an zu schnarchen.

Silas steht fassungslos vor seinem Bett, das sein Kollege dreist in Beschlag genommen hat. Dieser Hubert ist echt die Pest.

Plötzlich stutzt Silas. „Wo ist mein Fußball hingerollt? Und der Rucksack steht nicht mehr an seinem Platz! Das ist ja wohl ein mieser Scherz!“

In dieser Nacht schläft Silas keine Minute mehr. Über ihm schnorchelt Hubi in wilden Träumen. Und aus anderen Kabinen ertönen Piepgeräusche im Minutentakt und halten die Bewohner der „Lotse“ wach.

„Das schreit nach Rache“, stellt Tom am nächsten Morgen gähnend fest. „Und zwar so schnell wie möglich.“

9. Masterplan und Seemannsgarn

Zunächst setzt Radio Ruhest☺rung den Masterplan um, bei dem es darum geht, die verschollenen Dinge wiederzubeschaffen. Sofort nach dem Unterricht treffen sich die fünf Reporter auf der Brücke in der Recherche-Ecke.

Anna und Emma erzählen immer wieder begeistert davon, wie gut sie in der letzten Nacht geschlummert hätten, doch Silas glaubt ihnen kein Wort.

Garantiert haben sie von der „Senfkorn" aus das Tohuwabohu auf der „Lotse" genüsslich beobachtet. Tom zieht eine genervte Grimasse.

„Warum seid ihr denn so müde?", will Emma kichernd von den Lotsen wissen. Auffordernd bohrt sie ihren Zeigefinger in die Hängematte, in der Hubi finster vor sich hinstarrt.

„Haha, sehr witzig", kommentiert er.

Der rothaarige Tom lümmelt auf einem der Sitzsäcke und kann kaum die Augen offen halten. Er kümmert sich bei Radio Ruhest☺rung um die Technik. Und er wird unausstehlich, wenn jemand Kabel schlampig oder gar nicht aufwickelt und die nötige Sorgfalt vermissen lässt.

„Piep, piep", macht Emma hämisch.

Anna hat einen Zeichenblock auf den ehemaligen Kartentisch gelegt und zieht mit einem großen Lineal gerade Striche über das Papier. „Wir tragen alle Meldungen ein", erklärt sie die Vorgehensweise. „Silas, du schaust am Laptop nach und diktierst mir den Inhalt der Mails. Emma, du sortierst die

Papiere, die in unserem Briefkasten lagen. Hat noch jemand von euch Nachrichten zugesteckt bekommen?“

Silas schüttelt den Kopf.

Hubi räkelt sich träge und präsentiert zwei zerknitterte Zettel.

Angeekelt nimmt Emma sie entgegen. „Hast du dir damit die Nase geputzt?“, erkundigt sie sich vorwurfsvoll.

Anna schreibt. Ihre Hand flitzt über das weiße Papier.

„Ach du dicker *Kaventsmann*“, gähnt Tom. „Das sind eine Menge Sachen, die in den letzten Tagen verschwunden sind! Anscheinend gibt es ein geheimnisvolles Phantom, das mit dem ganzen Zeug etwas anfangen kann.“

Das Zeichenblockblatt ist fast komplett gefüllt: Jede Menge Lebensmittel, Emmas Kuscheldecke, ein Buch von Melissa, mehrere Comics, Hubis hässlicher Pullover, zwei Kopfkissen, Seife, Zahnpasta und Deo sind fort.

„Es sind 22 verschiedene Sachen“, zählt Emma empört. „Das war garantiert nicht der Klabautermann.“

„Und am letzten Wochenende ging es los“, sagt Anna.

Silas spürt die prüfenden Blicke der anderen. Er ist am Samstag auf den Schiffen eingetroffen. Und seitdem er hier ist, ist ein Gegenstand nach dem anderen verschwunden.

„Ich könnte ihnen sagen, dass mein Rucksack ebenfalls weg ist“, denkt er. „Aber würden sie mir das abkaufen? Und wie soll ich erklären, warum er mit Wasser und Lebensmitteln bestückt war? Da kapiert ja jeder, dass ich abhauen will. Nein, das behalte ich besser für mich.“

Unbehaglich rutscht er auf dem Schreibtischstuhl hin und her. „Ich habe damit nichts zu tun, ehrlich!“, beteuert er.

Hubi schnarcht laut. Emma stößt ihn so heftig an, dass die Hängematte rasant zu schaukeln beginnt. Doch das stört Hubert nicht.

Inzwischen denken Anna und Tom über das weitere Vorgehen nach.

„Warum klaut man Dinge? Weil man sie besitzen will?“, murmelt Tom.

„Oder vor Hunger“, schlägt Anna vor und tippt mit der Spitze des Lineals auf die Lebensmittel.

„Hier gibt es genug zu essen für uns!“ Emma schüttelt den Kopf. „Es sei denn, das Phantom ist ein Junge. Die werden nie satt.“

„Wie heißen diese Leute, die Sachen stehlen müssen?“, fragt Tom.

„Die Krankheit heißt Kleptomanie“, weiß Anna.

Sie weiß fast alles, findet Silas. Er hört nicht mehr zu, sondern stöbert in den Magazinen, die überall herumliegen. Wenn er das richtig verstanden hat, hat jeder Reporter von Radio Ruhest☺rung sein Spezialgebiet:

Hubert kennt alle Songs und die aktuellen Hits sowieso. Silas hat ihm probeweise ein paar Liedanfänge vorgepfiffen. Und Hubi konnte sofort sagen, wie der Titel heißt, von welcher Band er stammt und sogar, zu welchem Album er gehört.

Emma interessiert sich für den ganzen Klatsch und Tratsch, der sich um die Musikgruppen rankt: Welche Boygroup geht demnächst auf Tour, und welches Make-up benutzt die Gewinnerin von DSDS? Wer ist mit wem befreundet oder hat das Verhältnis beendet?

Im Gegensatz zu Vokabeln, die in ihrem Hirn sofort wieder im Bermuda-Dreieck des Vergessens landen, kann Emma sich diesen ganzen Mist jahrelang merken. Und sie verschlingt den Inhalt der Zeitschriften und surft stundenlang im Internet, um immer auf dem neuesten Stand zu sein.

Anna kümmert sich um den Inhalt und die Themen der Sendungen. Außerdem teilt sie ein, wer wann am Mikrofon sitzt. Silas hätte sie als Boss der Truppe bezeichnet, obwohl Hubi und Tom älter sind als sie.

Doch offiziell ist Hubert der Chef vom Dienst. Tom ist Profi in der Abteilung Sport und versorgt die Hörer diesbezüglich mit Neuigkeiten und aktuellen Ergebnissen.

In dem alten Schrank, der früher Seekarten, das Logbuch und andere seemännische Dinge enthielt, befinden sich die Überlebensportionen der Reporter von Radio Ruhest☺rung. Denn während die anderen in der Messe sitzen und mampfen, übertragen Anna, Hubert, Emma und Tom ihre Sendungen. Von Rut bekommen sie die Mahlzeiten zwar nachgeliefert. Aber für alle Fälle gibt es noch Schokolade, Salzstangen, Limonade, Wasser, Kekse und ein paar schrumpelige Äpfel im Vorrat.

Silas angelt sich einen Apfel und fragt: „Darf man?"

„Die gesunden Sachen immer!", grinst Tom großzügig und greift nach einem Schokoriegel. Anschließend ruft er die Handballresultate ab.

Da schaltet sich Anna ein. „Sonntags haben wir eine besondere Sendezeit. Über die Frequenz des Bibelrundfunks machen wir eine Stunde Programm, das man überall empfangen kann, nicht nur auf der ‚Senfkorn' und der piependen ‚Lotse'. In

Nepal, Kenia und Kolumbien hört man Radio Ruhest☺rung. Na, und besonders unsere Eltern sind ganz Ohr und wollen wissen, was in der Schule los ist."

Silas staunt: „Wow, also richtiges Radio?!"

Emma lacht ihn aus. „Du bist ein richtiger Blödbommel. Was denn sonst? Und dieses Mal sind die missglückten Manöver der Lotsenbewohner das Hauptthema", kichert sie schadenfroh.

„Nicht nur", schränkt Anna ein. „Ich habe gedacht, wir machen ein Interview mit dir, Silas. Der neue Matrose und Reporter von Radio Ruhest☺rung. Dass du auf der nicht so grandiosen ‚Lotse' wohnst, können wir weglassen", fügt sie gönnerhaft hinzu.

Das geht Silas ein bisschen schnell. „Ich? Bei euch? Als Reporter? Also, ich habe das noch gar nicht entschieden. Und was sagt Tatütata dazu?"

Tom winkt lässig ab.

Doch diese Handbewegung kann Silas' Zweifel nicht ausräumen. „Ich soll am Mikro quatschen? Ich glaube, das kann ich nicht", protestiert er. „Da rede ich garantiert nur Blech."

„Ist dann kein großer Unterschied. Machst du auch ohne Pulle vor der Nase", stellt Emma gnadenlos fest. „Anna, willst du den Landratten-Lotsen echt bringen und senden? Da fallen uns bestimmt spannendere Themen ein!"

„Du bist neidisch", wirft der mittlerweile erwachte Hubert ein. „Du willst bloß selbst interviewt werden und im Mittelpunkt stehen!"

„Diese Behauptung halte ich für *Seemannsgarn*", gibt Emma blasiert zurück und kräuselt ihre Lippen.

„Schluss mit Streit und Stress. Emma, nimm dich zusammen. Anna hat die einzelnen Teile der Sendung geplant, und wir stimmen wie üblich darüber ab“, beruhigt Tom die Gemüter.

„Aber ich weiß wirklich nicht …“, murmelt Silas. Er schiebt nervös das Sporthaarband hin und her.

„Wir gehen die Fragen vorher kurz durch, Silas. Es gibt keine blöden Überraschungen, versprochen“, sagt Anna.

„Vielleicht sollten wir lieber etwas über die oberwichtigen Krawattenträger und die drei Schreckschrauben berichten. Sie saßen heute in Tatütatas Büro, und die Stimmung war angespannt. Wer weiß, was die wollten“, schlägt Silas vor.

Die anderen vier schauen eher gelangweilt aus.

„Da müssten wir zunächst mehr über das Treffen herausfinden. Die Geschichte muss hieb- und stichfest sein, kein schnell gestricktes Seemannsgarn! Deshalb bringen wir auch erst mal nichts mehr über die verschollenen Gegenstände“, erklärt Anna.

„Wo habt ihr die Mini-Stoppuhren her?!“, will Hubert unvermittelt von ihr wissen.

Doch das Mädchen lässt sich nicht überrumpeln. Es klimpert mit den Wimpern und streicht geziert eine Strähne aus der Stirn hinter das Ohr. Das sieht reichlich witzig aus, weil Annas Haare dafür zu kurz und widerspenstig sind: Die Franse springt wie eine Sprungfeder zurück.

„War ein cooler Einfall. Schade, dass ihr Senfkörner ihn hattet“, lobt Tom sparsam. „Aber uns fällt auch wieder etwas ein, freut euch nicht zu früh!“

Emma schnaubt verächtlich. „Ja, allerdings erwischen wir euch immer!“

Hubert schält sich aus der Hängematte und sieht dabei reichlich unelegant aus. „Das werden wir sehen, kleine Zuckerschnecke Emma. Dein Fresspaket ist fort, und deshalb wirst du abmagern und kraftlos in den Leinen hängen. Mit dir haben wir dann ein leichtes Spiel."

Statt eines Kommentars boxt Emma ihn mit der Faust auf den Oberarm.

„Aua, eine Bombe hat mich gestreift. Ich bin verloren. Wo ist ein Arzt, wenn man einen braucht!", jammert Hubi lautstark und verzieht sein Gesicht zu einer Fratze.

„Drama-Königin", kommentiert Anna belustigt. „Immer musst du übertreiben. Silas, als frischer Reporter musst du die Brückendienste übernehmen. Keiner wird ein guter Seemann, bevor er nicht schwere Stürme überstanden hat. Hol doch bitte aus der Kombüse das Tablett mit unserem Abendessen. Rut hat es bestimmt in der Durchreiche abgestellt. Schaffst du das, oder soll dich Klein-Emma begleiten?"

Silas legt bedauernd die Zeitschrift „Beats und Bands" auf den Stapel. Die Witzeseite ist gut, und er hat sie noch nicht fertig gelesen. „Es gibt Wege, die muss ein Mann allein zurücklegen!", deklamiert er.

Hubi hält anerkennend den Daumen hoch, als Silas die Tür der Kommandozentrale öffnet.

„Endlich muss ich den Idiotendienst nicht mehr machen", begleitet Emmas Stimme Silas' Abgang.

Auf dem Mitteldeck sieht Silas schon von Weitem, dass Rut energisch Anweisungen gibt. Es muss *„Klar Schiff"* gemacht werden. Einige Lotsen räumen missmutig Sachen in die

Truhen unter den eingebauten Metallbänken. Andere spritzen mit dem Wasserschlauch die Planken ab.

Silas verdrückt sich unauffällig, bevor Rut ihn ebenfalls zu einer Arbeit verdonnern kann. Er ist froh, einen Moment alleine zu sein.

„Wollen die mich wirklich bei Radio Ruhest☺rung dabei haben?", überlegt er. „Wieso fragen sie nicht jemanden, der schon viel länger auf den Schiffen wohnt und sich besser auskennt? Oder möchte niemand diesen Job machen, weil Hubi, Tom und Anna nur einen blöden Hilfswilli suchen, der für sie die Drecksarbeit erledigt? He, was ist dort hinten los?"

Verblüfft schaut Silas zum Ufer hinüber. Hat sich zwischen den Bäumen nicht etwas bewegt? Es war rund und gelb, mit einem schmalen roten und einem blauen Streifen. So sieht die Nationalflagge von Kolumbien aus und Silas' Ball mit den Unterschriften der Fußballer!

Silas bleibt einen Moment stehen und beobachtet den Weg, der zum Sportplatz führt. Er wünscht sich eine *Prismentüte*, denn so könnte er erkennen, ob dort tatsächlich jemand mit seinem Ball unterwegs ist. Aber anscheinend hat er sich vertan: Im Park ist nichts mehr zu sehen.

Der Gedanke, seinen Fußball wiederzufinden, elektrisiert Silas förmlich. „Sind Reporter auch Detektive?", fragt er sich und ist schon unterwegs zum Ausgang. Zielstrebig läuft er über die klappernden Bleche der Landungsbrücke.

Zunächst tut er so, als würde er den Pfad zum Bootshaus einschlagen, dann verlässt er unauffällig den Weg. Er rennt über die Wiese zu den hohen Bäumen, die am Ufer nebeneinanderstehen.

Doch so sehr er sich auch umblickt, er kann nichts Rundes entdecken. Sorgfältig sucht er das Ufer ab und läuft anschließend langsam zurück, dieses Mal zwei Meter weiter landeinwärts.

„Vielleicht habe ich etwas übersehen?“, denkt er und schaut noch genauer hin. Da sticht ihm etwas ins Auge: Neben einer dicken Baumwurzel liegen bunte Papiere. Er bückt sich, um die Dinge näher zu betrachten. „Zwei Gallien-Comics und ein Exemplar der Zeitschrift ‚Beats und Bands‘, wie es sie stapelweise in der Recherche-Ecke der Brücke gibt.“

Silas nimmt die Zeitschrift in die Hand und blättert. Er ist felsenfest davon überzeugt, ein fast neues Exemplar gefunden zu haben, denn eine Ausgabe mit diesem Titelbild hat er oben bei Radio Ruhest☺rung nicht erspäht.

Schnell entschlossen legt er die Zeitschrift wieder auf den Boden und rast zurück zur Kommandozentrale der „Lotse“. „Ihr müsst mitkommen. Sofort!“, brüllt er aufgeregt.

Anna zeigt strafend auf das rote Licht über Tom: Radio Ruhest☺rung ist auf Sendung, und Silas hat laut dazwischengequatscht. „Ziemlich blöder Anfängerfehler“, denkt Silas beschämt und wartet zappelnd ab, bis Tom Musik einspielt. Dann kann er endlich erklären, was los ist.

Ein wenig ungläubig und mit Widerwillen begleiten ihn Emma, Hubi und Anna zu den Bäumen. Sie wären lieber auf der gemütlichen Brücke geblieben.

„Du solltest das Tablett holen“, mault Hubert. „Ich habe wirklich Hunger.“

Silas tröstet: „Wir beschaffen uns das Essen sofort. Wir sind nämlich gleich da. Es ist genau hier.“

Aber der Platz an der Wurzel ist leer! Dabei ist Silas überzeugt, dass er die richtige Stelle wiedergefunden hat. Entsetzt stammelt er: „Jetzt ist alles weg! Das gibt es nicht! Vor ein paar Minuten lagen hier ein paar Zeitschriften auf der Wiese!"

Emma schnalzt höhnisch mit der Zunge.

Silas beschreibt ihr genau, wie das Titelblatt des Magazins ausgesehen hat.

„Das kann nicht sein. Diese Ausgabe liegt in meiner Kabine, weil sie gestern erst per Post gekommen ist", sagt Emma überzeugt.

„Aus deiner Bude ist schon mal etwas verschwunden", erinnert Anna das jüngere Mädchen.

„Und Silas weiß genau, wo meine Kabine ist", gibt Emma zickig zurück.

Hubi meckert: „Du hättest die Sachen direkt mit zur Brücke bringen sollen. Dann wüssten wir jetzt genau, ob sie zu den verschollenen Dingen gehören. Und wir hätten nicht völlig umsonst hierher marschieren müssen."

„Ich dachte, ihr glaubt mir eher, dass ich mit den verschwundenen Sachen nichts zu tun habe, wenn ihr es selbst seht", verteidigt sich Silas. Aber er ist von seiner Strategie selbst nicht mehr komplett überzeugt.

„Nicht logisch", stellt Hubert gnadenlos fest. „Du hättest das Musikmagazin und die Comics selbst dorthin legen können, denn du warst lange genug unterwegs."

Daran hat Silas nicht gedacht. Doch er gibt nicht auf. „Vielleicht ist das Lager mit den verschwundenen Dingen ganz in der Nähe? Wir sollten die Gegend genau absuchen!"

„Wieso redest du von einem Lager?“, fragt Emma. „Die Diebe haben die geklauten Waren bestimmt längst aufgemampft!“

„Das Deo und die Lektüre auch?“, argumentiert Silas, und Hubi nickt grinsend.

Den Rückweg laufen die Reporter schweigend. Hubert geht selbst zur Kombüse und holt das Abendessen.

Überall auf der MS Lotse suchen die Schüler verzweifelt die restlichen Stoppuhren. Und weil die gerade keine Geräusche machen, gestaltet sich die Fahndung schwierig. Aber niemand hat Lust, in dieser Nacht erneut von dem Gepiepe geweckt zu werden. Deshalb wird geschraubt, geklopft und an den unmöglichsten Plätzen geforscht.

Ein Lotse steht vor einer Bank am Mitteldeck. Er klappt die Sitzfläche nach oben und wühlt zwischen aufgerollten Tauen und Schwimmwesten herum. Silas gratuliert sich im Stillen zu seiner erfolgreichen Suche und der Entschärfung.

„Die Uhren sind winzig. Man muss genau hinschauen“, gibt Hubert kostenlos schlaue Tipps. Dabei hat er selbst nichts zu der erfolgreichen Jagd beigetragen und seine Kabine nicht weiter untersucht. „Ich penne heute Nacht wieder in deiner Koje“, sagt er zu Silas.

Der schüttelt den Kopf. „Nein, dieses Mal schläfst du auf dem Sofa *unter* meiner Koje. Und wenn du schnarchst, nimmst du deinen Abschied! Aber hochkant“, bestimmt Silas. Er wird sich nicht noch einmal von Hubert dreist ausquartieren lassen.

10. Achtung, Feind hört mit!

Silas geht nicht mit den anderen zurück zur Brücke. Ihm ist nämlich eingefallen, wie er wenigstens beweisen kann, dass der auffällige Ball in den kolumbianischen Nationalfarben ihm gehört. Er startet den Laptop und schaut seine Fotos durch.

Und schon ist Silas zurück in Kolumbien, sieht seine Eltern, Lukas, das Haus. Sofort überfällt ihn das Heimweh. Es tut noch genauso weh wie am Anfang. „Und jetzt ist auch noch mein Rucksack weg. Meine Flucht rückt in weite Ferne", hadert Silas mit seinem Pech. „Wenn ich irgendwo eine andere Tasche besorge, gerate ich erst recht in Verdacht, das geheimnisvolle Phantom zu sein."

Silas klickt sich tapfer durch die Bilder. Auf einem kickt er mit Lukas, doch man kann den Ball nur schlecht erkennen, weil der Hund im Weg steht. Dieses Bild geht also nicht als Beweis durch. Frustriert klappt Silas schließlich den Laptop wieder zu.

„Wenn ich meinen Fußball schon nicht auftreiben kann, finde ich wenigstens heraus, was die fünf Typen bei Tatütata wollten", nimmt er sich vor. Die Uhrzeit ist günstig, da alle Lotsen und Senfkörner nun in der Messe sein müssten. Kurz entschlossen schnappt er sein Handy, um Beweisfotos machen zu können, und marschiert los. Er meidet die breiteren Gänge und steht endlich vor den Unterrichtsräumen auf der MS Senfkorn. Tatütatas Büro ist nicht weit entfernt.

„Dann ermittle ich eben auf eigene Faust. Ich will wissen, wer die unbekannten Typen waren und warum sie sich gestritten haben. Das wird die Story des Jahrhunderts!" Silas geht weiter, blickt sich um und huscht den Flur entlang. „Wenn mir jetzt jemand entgegenkommt, muss ich mir spontan eine Ausrede basteln. Hier ist es."

So geräuschlos wie möglich drückt er die Klinke der Bürotür herunter. Ein leises Quietschen ist zu hören, als er die Tür langsam aufstößt. „Was sage ich, wenn Tatütata da drin ist?", schießt Silas durch den Kopf.

Doch seine Sorge ist unbegründet. Der Schreibtisch ist verwaist, und Silas gleitet rasch dahinter. „Wo fange ich an?", fragt er sich dann. Er mustert das aufgeräumte Pult. Ein Locher, ein Tacker und mehrere zentimetergenau ausgerichtete Kugelschreiber lassen befürchten, dass der Schulleiter ein ordentlicher Mensch ist.

Silas greift nach dem Tischkalender und blättert in den Terminen herum. „Aha, ‚Krisensitzung' hat Tatütata sein Treffen genannt." Silas ahnt, dass er auf der richtigen Fährte ist, und sucht nach weiteren Einträgen in dieser Richtung. Aber er findet nichts. Hastig schießt er ein Beweisfoto von dem Kalender.

Seine Augen huschen durch die Kabine. Die Schubladen des Rollcontainers sind abgeschlossen, sodass er hier nicht weiterkommt. Am Tisch unter dem Fenster stehen drei Stühle mit weinroten Polstern neben einer Bank, auf der Kissen in derselben Farbe liegen. Der vierte Stuhl ist aus Metall und passt optisch nicht dazu.

Umgedrehte Wassergläser, Kaffeetassen und eine Thermoskanne sind auf der glänzend polierten Tischplatte aufgereiht. Ein Teller mit belegten Brötchen verbreitet einen guten

Geruch, und Silas' Magen beginnt zu knurren. „Ob es auffällt, wenn ich mir ein halbes Brötchen ausleihe?"

Bevor Silas den Gedanken zu Ende gedacht hat, hat seine Hand schon ein Käsebrötchen gepflückt. Als er den ersten Bissen nimmt, segeln Krümel auf den frisch gesaugten Teppich. Hastig verteilt er sie mit den Schuhen. Zu allem Überfluss rutscht nun die Garnierung aus Gurke und Salat vom Brötchen und landet auf dem Boden.

Silas bückt sich und sammelt das Grünzeug ein. „Wohin damit?", fragt er sich und arrangiert die Sachen schnell auf dem Brötchenteller. Dann öffnet er die tiefen Schubladenfächer der Schränke. Die Masse an Ordnern, Hängeakten und wichtig aussehenden Dokumenten lässt ihn zögern. Wo genau soll er mit der Suche beginnen? Plötzlich ist von draußen das Geräusch von Schritten und Stimmen zu hören.

„Knisternder Kaventsmann, da kommen Leute. Ich glaube, Tatütata ist dabei!" Panisch kickt Silas das Schubfach zu und sucht nach einer Möglichkeit, den Raum heimlich zu verlassen. Doch es gibt keinen zweiten Ausgang. „Ich muss mich verstecken!", stöhnt er.

Er hechtet zum Tisch und greift mit zitternden Fingern nach der Sitzfläche der Bank. Sie lässt sich tatsächlich anheben wie der Deckel einer Truhe, und der große Raum darunter ist leer. Ohne zu zögern, klettert Silas hinein. Und er schließt den Deckel über sich keine Sekunde zu früh.

Die Tür öffnet sich quietschend, und Tatütata führt seine Gäste ins Büro. Anscheinend nehmen sie sofort Platz. Silas hört das Knacken der Bank und nutzt die Gelegenheit, eine halbwegs erträgliche Position einzunehmen. Er kann seine Beine nicht ausstrecken, sondern muss sie anwinkeln. Und er hofft, dass die Truhe nicht luftdicht abgeschlossen ist.

„Erstickt im Schulleiterbüro", fällt ihm eine unangenehme Schlagzeile ein. Außerdem überlegt er ständig, was er sagen soll, wenn er entdeckt wird. Doch er ist so aufgeregt, dass er nicht vernünftig denken kann. Stattdessen spitzt er die Ohren, um möglichst viel von dem Gespräch aufzuschnappen.

Zunächst übertönt das Klappern von Geschirr die Unterhaltung. Dennoch ist Silas nach kurzer Zeit überzeugt, dass die unfreundliche Schreckschraube mit Dutt und Geodreiecknase genau über ihm auf der Bank hockt.

„Wahrscheinlich sind noch mindestens drei weitere Personen im Büro", vermutet er und beschließt: „Ich lasse mein Handy mitlaufen." Als er im Dunkeln mit verschwitzten Fingern an dem Mobiltelefon herumnestelt, stößt er damit von innen gegen die Bank. „Pock!"

Silas verfällt in eine Art Schockstarre. „Gleich haben sie mich. In wenigen Sekunden wird der Deckel aufgehen und ein böses Gesicht über mir auftauchen!"

Doch nichts passiert. Und nachdem Silas ein paarmal tief durchgeatmet hat, gelingt es ihm endlich, die Aufnahmefunktion seines Handys zu aktivieren.

„Igitt, auf diesem Salatblatt kleben Staub und Haare!", kreischt die Schreckschraube angeekelt. „Die Gurke sieht nicht besser aus!"

„Oh nein, hätte ich bloß auf den Mundraub verzichtet. Die werden jeden Moment die Kabine absuchen", ächzt Silas.

„Und wenn ich behaupte, ich hätte mir neue Extra-Aufgaben abholen wollen, wird das bestimmt niemanden überzeugen."

Silas glaubt, eine Entschuldigung des Schulleiters zu hören, der den Teller offenbar fortstellt.

„Seltsam", meint Tatütata. „Warum liegt denn der Kalender schief auf dem Schreibtisch?"

Silas schwitzt noch mehr. Sein T-Shirt wird am Rücken feucht, die Haare in seinem Nacken ringeln sich.

Das Gespräch am Tisch wird nun leiser, aber sehr intensiv geführt. Wenn die Schreckschraube redet, zischen die Laute wie bei einer Schlange. Silas bekommt nur Bruchstücke mit: Es ist von 15 Plätzen und einem Losverfahren die Rede. Außerdem fallen die Worte: „Beschwerden von Eltern, hoffnungslose Warteliste, Schulaufsicht".

Schließlich sagt eine tiefe Männerstimme sehr deutlich: „Die Räume reichen nicht aus. Die Schule war kleiner geplant. Die Schülerzahl hat sich verdoppelt. Unsere Schiffschule ist groß geworden und passt zum Namen der MS Senfkorn. Aus einem winzigen Samenkorn wächst ein großer Baum."

Silas muss ein Bein bewegen, denn die abgeknickte Position wird äußerst unbequem. Und dann beginnt plötzlich sein Handy zu klingeln. „Hilfe!", stöhnt er und versucht fieberhaft, den Alarm zu unterdrücken. Aber das Mobiltelefon reagiert nicht. Als der Klingelton endlich aufhört, wagt Silas keinen Atemzug.

„Was ist das?", will die Schreckschraube argwöhnisch wissen. „Da piept etwas!"

Silas hat die Augen geschlossen.

„Mir ist nichts aufgefallen", stellt jemand fest.

Die Frau mit der Nase in Form eines Geodreiecks murmelt: „Jetzt ist es weg! Aber ich glaube, es kam aus meiner Nähe."

Die Bank knackt, und Silas wird übel. „Die Schreckschraube steht auf! Nein, bitte nicht", denkt er beschwörend. „Setz dich einfach wieder hin!"

„Ach, momentan piepst hier ständig und überall etwas. Die Schüler haben einen Streich gemacht", wiegelt Herr Feuerbach ab. „Wir können die Begehung starten. Vielleicht lösen wir die geräuschintensiven Rätsel."

Stuhlbeine schaben über den Teppich. Es dauert eine Weile, dann wird es ruhig.

Am liebsten würde Silas sein Versteck sofort verlassen, doch er zwingt sich zur Geduld: Er will Tatütata und seinen Gästen einen Vorsprung geben, um ihnen auf keinen Fall in die Arme zu laufen. Wer weiß, ob sie länger auf dem Flur oder in den Unterrichtsräumen bleiben.

Schließlich wagt er sich aus der Bank heraus. Der Brötchenteller steht deplatziert auf dem Schreibtisch, die Gläser sind benutzt. Daneben liegen ein paar Zettel. Eilig zückt Silas das Handy und fotografiert die Papiere.

In einem Klemmordner befinden sich Fotos von einem großen Gebäude aus grauem Backstein. Vielleicht ist es eine alte Fabrik? Besonders freundlich wirkt das breite dreigeschossige Haus nicht auf Silas. Aber er denkt nicht länger darüber nach, sondern knipst einfach.

Dann fällt ihm noch etwas ein, und er ruft am Schultelefon den Nummernspeicher auf. Vielleicht lässt sich darüber etwas herausfinden.

Nach der Beweisaufnahme schiebt er sein Handy in die Hosentasche und schleicht zur Tür, die er vorsichtig öffnet. Wieder quietscht es leise. „Tatütata sollte die mal ölen", murmelt Silas und späht argwöhnisch in den Gang. Dort ist zum Glück alles friedlich, und er huscht nach oben.

Im Wohnzimmer der „Senfkorn" gammeln einige Schüler auf dem gemütlichen Sofa herum. Es geht ungewöhnlich gesittet zu, denn Rut sitzt auf einem Sessel dabei. Im Raum daneben stehen der Billardtisch und ein Kicker.

Silas schlendert zum Kicker und übernimmt den verwaisten Platz in der Abwehr. Gemeinsam mit Robin zieht er die Gegner ab, obwohl seine Gedanken im Kopf Karussell fahren.

„Wir könnten ein Kickerturnier starten und darüber bei Radio Ruhest☺rung berichten", schlägt er zwischendurch vor. „Laut genug sind die Fans und die Spieler auf jeden Fall."

Nach einer Weile kommt Herr Feuerbach mit seinen Gästen herein. Das gibt Silas die Gelegenheit, die Schreckschraube mit dem Haarknoten genau zu betrachten.

„Wenn jetzt mein Handy klingeln würde, sähe ich ganz alt aus!", zuckt es wie ein Blitz durch seinen Schädel. Er hat leider keine Hand frei, um den Status des Mobiltelefons zu überprüfen.

Darum setzt er auf die Taktik „Ablenkung und Dreistigkeit siegen": Er beginnt, das Spiel zu kommentieren: „Die Rosis im Angriff. Die Pille rollt wie von selbst, Rückpass und ein Mörderschuss von hinten mit Knallgas! Tor! Der Schlussmann ist völlig überrumpelt und hilflos. Er macht nicht einmal den Ansatz einer Parade. Anstoß, schnell ausgeführt. Rosi ist hellwach, und der Ball wird erobert."

Bei diesem Lärm setzen sich die Besucher rasch ins Wohnzimmer ab. Robin klatscht Silas nach dem nächsten Treffer ab. „Sahne. Aber wer ist Rosi?"

„Die ersten beiden Buchstaben unserer Vornamen – Robin und Silas – bilden den Namen für unser Team", erklärt Silas seinen spontanen Einfall.

Sie kickern wie die Wilden. Robin ist im Siegestaumel und will nicht aufhören, leider macht Rut dem Fußballmatch ein Ende.

„Komm noch in meine Kabine", wispert Robin. „Ich zeige dir meine Trikotsammlung."

Gemeinsam traben die beiden los. Robins Mitbewohner Leon liegt bereits unten in seiner Koje. Er hat einen Laptop auf den Knien.

„Das machen wir, Silas, mit dem Kickerturnier. Leon, kannst du einen Entwurf für eine Anmeldeliste tippen? Darauf müssen sich alle Teilnehmer eintragen. Und einen Mannschaftsnamen soll sich jeder auch noch überlegen. Wir machen es wie bei der Europameisterschaft: Erst eine Vorrunde, und die Sieger der Gruppen spielen im K.-o.-System weiter. Wer verliert, fliegt raus."

Robin ist total begeistert von der Idee. „Silas und Robin bilden das Team ‚Rosi', das kannst du direkt in die Tabelle eintragen, Leon."

Sie fachsimpeln eine Weile, und es wird viel zu spät. Silas kann nur hoffen, dass ihn niemand auf dem Weg zur MS Lotse erwischt.

11. Streit und Stress

Auf den Schleichwegen, die Anna ihm gezeigt hat, gelangt Silas zu seiner Kabine auf dem Motorschiff „Lotse“. Er hat die Tür noch nicht ganz geöffnet, da begrüßt ihn ein bekanntes Schnarchen: Hubert liegt in Silas’ Bett. Dessen Zudecke und Kissen hat der dreiste Eindringling einfach auf das Sofa unter der Koje geworfen.

Silas schlägt wütend auf den Lichtschalter, aber die plötzliche Helligkeit stört Hubert nicht. Er schlummert weiter.

Daraufhin schnappt Silas seine Kopfhörer für das Handy und seine Bettsachen und wandert durch das Badezimmer nach nebenan. Er stopft die Knöpfe in die Ohren und versucht, in Hubis Koje einzuschlafen.

Doch die Erlebnisse im Büro von Tatütata hängen ihm nach, er findet keine Ruhe. Wieder und wieder geht er die wenigen Gesprächsfetzen durch, die er verstanden hat. Einen richtigen Reim kann er sich allerdings nicht darauf machen.

Gerade, als er ein bisschen müde wird, piepst die noch nicht enttarnte Stoppuhr in Huberts Kabine. Das nervige Geräusch übertönt sogar die Musik aus dem Handy. „Das ist echt ein Dreck!“, schimpft Silas. „Vielleicht fahnde ich besser nach der Lärmquelle. Sonst quartiert sich Hubert dauerhaft in meiner Kabine ein.“

Seufzend wälzt sich Silas aus der Koje. Aber er ist zu langsam – die kleine Stoppuhr lässt bereits nichts mehr von sich hören. „Wenigstens weiß ich, wonach ich suchen muss. Und dass es garantiert gleich wieder mit dem lautstarken Generve losgeht.“

Silas gähnt und beschließt, die Zeit bis zum nächsten Piepsalarm zu nutzen. Er holt seinen Laptop, fährt ihn hoch und zieht die Fotos von seinem Handy auf den PC. Glücklicherweise hat ihm sein Vater genau erklärt, wie er das anstellen muss. Nun kann er alles, was er fotografiert hat, auf seinem Laptop anschauen und bearbeiten.

Als Silas soeben angefangen hat, die ersten Schriftstücke zu lesen, beginnt die Piepserei erneut. Sofort unterbricht er seine Recherche und stellt auf konzentrierten Ohren- und Ortungsbetrieb um.

„Unter der Koje", vermutet er schließlich und lauscht noch angestrengter. Dort hat Hubert einen Deckenfluter deponiert. Silas hebt die Lampe ein Stück an und schaut unter den Fuß. „Nein, der ist sauber, oder muss ich den aufschrauben? Oder haben die Senfkörner den Störenfried etwa ganz oben in den umgedrehten Lampenschirm gelegt?"

Tatsächlich: Eine neongelbe Stoppuhr piept ein letztes Mal neben der Glühbirne.

Bevor Silas seinen Triumph auskosten kann, hört er seltsame Geräusche von draußen. Schleicht da jemand mitten in der Nacht über die Planken? Das Schlurfen geht in ein merkwürdiges Dröhnen über. Ein lauter Knall ertönt. Silas läuft ein Schauer über den Rücken.

Er hat keine Zeit, sich von Panik überwältigen zu lassen: Schon wieder beginnt das Gepiepe.

„Ich werde noch verrückt", stöhnt er und muss sich zwingen, genau hinzuhören. „Mülleimer", analysiert er mit Mühe und schüttet knurrend das besagte Gefäß aus.

Eine Cremedose, vollgeschmierte Blätter aus einem karierten Collegeblock, benutzte Taschentücher, Apfelbutzen, braune Bananenschalen, zerbrochene Kugelschreiber, Kaugummireste, leere Tintenpatronen und mehr bilden einen wenig appetitlichen Haufen auf dem Teppich.

Mit Huberts Lineal, an dessen Ende sofort ein Kaugummi kleben bleibt, stochert Silas die Dinge auseinander. Zu seinem Verdruss verstummt das Geräusch, und er schießt sauer die blaue Cremedose fort. Sie stößt gegen das runde Bein des Schreibtisches. „Oh, da drin rappelt was. Wetten, dass das Piepding in den Salbenresten steckt!"

Aber da hat jemand die Verpackung ordentlich gereinigt: Die Stoppuhr ist picobello sauber und wird gewiss gleich wieder alarmieren. Silas packt beide Lärmquellen in die Dose, geht in seine Kabine und verstaut seine Beute in der abschließbaren Schublade des Rollcontainers. Mit dem Schlüssel in der Hand klettert er dann in Huberts Koje. Hochzufrieden mit seinen detektivischen Fähigkeiten schläft er ein und hat endlich seine Ruhe.

Jedenfalls, bis ein verstrubbelter Hubert auftaucht und sich bitterlich bei ihm beklagt. „Du hast total rücksichtslos meine Matratze geentert und gekapert! Stell das Piepen nebenan ab", lässt Hubert seine Beschwerde los.

Silas dreht sich demonstrativ auf die andere Seite. „Ich stehe nicht auf. Du kannst zu Tom gehen oder an Deck schlafen, wenn dir *meine Koje* plötzlich nicht mehr gut genug ist", knurrt er und hört befriedigt, wie Hubert abschwirrt.

„Wir sind geschiedene Leute, Freundchen", droht Hubert. „Du bist ein Schuft, ein Schlafräuber und noch Schlimmeres!"

Am nächsten Morgen findet Silas seinen Rollcontainer auf dem Gang wieder. Hubert hat ihn einfach aus der Kabine geschoben und weitergeschlafen. Seine Drohung hat er aber anscheinend vergessen. Gähnend sitzt er Silas gegenüber am Frühstückstisch und hält es für überflüssig, die Hand vor den Mund zu halten.

„Mann, ich kann sehen, was du gestern Abend gegessen hast“, beschwert sich Silas.

„Psst!“, zischt Emma. „Wir wollen beten!“ Heute spricht sie das Dankgebet und kommt sich für Silas’ Geschmack zu wichtig dabei vor.

Kaum ist das Wort „Amen“, das ungefähr „So sei es“ bedeutet, gefallen, redet Robin auf Silas ein. „Ich habe tolle Ideen für unser Turnier“, wispert er verschwörerisch. „Drüben, bei euch auf der MS Lotse, stehen noch zwei Kickertische, die ziemlich hinüber sind. Es fehlen Spieler und andere wichtige Teile. Aber es wäre gut, wenn wir mehr Stadien für die Duelle hätten. Außerdem müssen wir zusätzliche Bälle anschaffen und Schiedsrichter einsetzen! Die brauchen Trillerpfeifen.“

Silas muss sich Mühe geben, um so früh am Morgen Robins zahlreichen Vorschlägen zu folgen. Denn Lauras Bruder redet ohne Punkt und Komma.

Hubert schaut verständnislos zu Robin hinüber. „Wovon spricht der? Und warum quatscht er pausenlos am Stück?“, stöhnt er. „Halt mal deinen Schnabel, du Plappermöwe! Silas, was will der Kerl?“

Darauf hin weiht Silas ihn ein.

„Klasse. Tolle Idee. Wir reparieren die alten Möhrchen, und das Turnier wird in der Messe stattfinden. Hey, Tom, du musst dein Spezialgebiet moderieren! Mit dem Handmikro gehst du von Tisch zu Tisch. Und ich werde Turnierleiter!", brüllt Hubert quer durch den Speiseraum. Wie üblich reißt er alles an sich, was sich nicht sofort wehrt.

„Hubert!", mahnt Herr Feuerbach.

„Geniale Momente kann man nicht leise erleben", kontert der Radiochef. Er sieht aus, als würde er am liebsten sofort mit allem starten.

Blöderweise beginnt der Unterricht in wenigen Momenten. Und die Stunden sind dieses Mal nicht nur für Silas schwer zu ertragen, auch Hubert und Robin zappeln vor Aufregung. Ihre Gedanken sind überall, nur nicht bei Deutsch, Mathe, Erdkunde und wie die Dinge alle heißen, mit denen Schüler gequält werden.

Nach der Frühstückspause kommt es zu einem Zwischenfall: Laura schießt in den Raum und fängt an, ein anderes Mädchen anzurempeln und zu beschimpfen: „Du räudige *Sprotte*. Du willst mich *betakeln*. Rück auf der Stelle meinen Armreif raus!" Lauras Stimme klingt so schrill wie eine Sirene.

Zögernd schiebt sich Silas in die Traube aus Schülern, die um die Streitenden herumstehen. Er hat Mitleid mit dem anderen Mädchen, dessen Name ihm gerade nicht einfällt.

„He, halt die Luft an, holde *Maid*", versucht er, Laura zu besänftigen. „Und lass sie mal los. Ihr Handgelenk wird schon rot."

Dankbar schaut das Mädchen kurz zu Silas und verschafft sich etwas mehr Abstand zu der Angreiferin.

Anna ist neugierig herangetreten und muss kichern. „Jetzt tust du es auch."

„Was denn?", fragt Silas irritiert. Er hat keine Ahnung, was Anna meint.

„Na, du verwendest Seemannsbegriffe, wie wir alle. Und ich hatte gedacht, du machst dich über unsere Eigenart lustig, weil du immer etwas angewidert das Gesicht verzogen hast. Aber irgendwann rutscht man selbst in diese Gewohnheit. Du bist ziemlich schnell bei uns in der Schule angekommen!"

Das sieht Silas völlig anders, doch er kommt nicht dazu, mit Anna zu diskutieren. Sofie – der Name fällt Silas gerade wieder ein – wird nämlich erneut von Laura attackiert. Robins Schwester beginnt zu zetern und beschuldigt erst Sofie, dann Silas: „Ihr macht gemeinsame Sache! Ihr nehmt uns unsere Sachen weg. Ich habe Sofie in meiner Kabine gesehen, wo sie in meinem Privatbesitz herumgewühlt hat!"

„Ich wohne zufällig auch in deiner Kabine, du bescheuerter *Schrubber*", widerspricht Sofie und wird allmählich sauer.

„So sieht also Zickenkrieg aus", denkt Silas unbehaglich.

„Hast du alles abgesucht, Laura?", fragt Anna und zupft eine Fluse vom grünen Senfkorn-T-Shirt. „Der Armreif taucht bestimmt wieder auf. Er könnte verrutscht sein und zwischen Matratze und Koje klemmen. Das ist bei mir mit einem Ring vorgekommen."

„Besten Dank, Anna Otto, für deine wie immer klugen Tipps! Wessen Name von vorne wie von hinten gleich funktioniert, der muss einfach blöd sein", zischt Laura aufgebracht.

„Mir passieren keine blöden Dinge! Und außerdem habe ich Augen im Kopf."

Herr Feuerbach macht dem Streit schließlich ein Ende: Humorlos schickt er alle Schüler in die Unterrichtsräume. Die Ursache der Unstimmigkeit interessiert ihn nicht.

Gleich darauf überreicht er Silas die korrigierten Arbeitsblätter, dazu die gleichen Exemplare ein zweites Mal und neue Aufgaben. „Die hätte ich Montagmorgen gern perfekt ausgefüllt wieder", kündigt er an. „Und erledige die Schularbeiten gründlicher. Denk dabei nach. Das könnte schon helfen! Sonst überlege ich mir, dass du deine Freizeit nicht mehr mit Radio Ruhest☺rung verbringen darfst, sondern sie in zusätzliches Lernen investieren musst!"

Silas wird blass. Erst jetzt merkt er, wie wichtig es ihm ist, mit Tom, Anna und Hubi zusammen zu sein.

Anna hat Tatütatas Ansprache mitbekommen. Sie sieht zornig aus, von ihrer sonstigen Besonnenheit scheint gerade nichts übrig zu sein. „Das ist unfair", rutscht ihr heraus, worauf der Schulleiter ihr gleich den nächsten Rüffel verpasst. „Anna Otto, darüber werde ich nicht mit dir diskutieren. Du gehst jetzt in den Unterricht, und zwar *im Schweinsgalopp*."

Fassungslos tauschen Anna und Silas einen Blick.

Silas fühlt sich mies.

„Wir machen später Pläne", vertröstet ihn das Mädchen.

Doch dazu soll es nicht kommen: Die Ereignisse nehmen Tempo auf und scheinen Silas zu überrollen wie eine riesige Welle, wie ein mächtig fetter *Kaventsmann*.

12. Ein neuer Freund?

„Weißt du eigentlich, wo man hier den Müll hinbringen muss?“, fragt Hubert mit unschuldigem Gesicht in der Mittagspause.

Silas fängt an zu lachen, woraufhin Hubert beleidigt einen Schmollmund zieht. Er wird damit einem Fisch immer ähnlicher. „Du hast den Inhalt meines Papierkorbs auf dem Boden verstreut, also wirst du alles wieder einsammeln und zur Entschädigung meinen Müll wegbringen.“

„Ich habe deine Kabine auf Schadstoffe, die für die Ohren und den Nachtschlaf nicht förderlich sind, untersucht und sie beseitigt. Du solltest mir für diesen nächtlichen Einsatz dankbar sein. Ein Kniefall wäre die angemessene Art, mir das zu zeigen“, protestiert Silas. Im Stillen befürchtet er jedoch, dass Hubi keine Ruhe geben wird.

Und seine Ahnung bestätigt sich: Der andere Lotse stellt den noch leeren Mülleimer vor Silas auf den Schreibtisch. „Mach schon“, nörgelt Hubert.

Silas liest gerade die Mail seines Bruders. Lukas hat versucht, ihn anzurufen, und beschwert sich bitterlich, dass Silas nicht abgenommen hat. Aber der lag zu diesem Zeitpunkt in der Truhe in Tatütatas Büro.

Allmählich bekommt Silas schlechte Laune, denn Hubi hat den Papierkorb umgedreht und trommelt mit einem Bleistift darauf herum. „Silas, Silas!“, schreit er dazu.

„Ja, ist schon gut, du elender *Nietenzähler*!“, braust Silas auf und schnappt den Mülleimer. Sauer stapft er dann in die

Nachbarkabine und kickt den auf dem Boden verstreuten Abfall hinein.

„Hi, Silas“, wird er auf dem Gang begrüßt, als er die Tür hinter sich zuknallt. „Ist das nicht Huberts Kabine? Was machst du mit seinem Müll?“

„Auch hi, und erstens: Ja, leider. Und zweitens: Ausleeren. Am liebsten über Hubi. Aber soll ich das Ding stattdessen von der Reling kippen, oder wo kommt der Dreck hin?“, fragt Silas den anderen Lotsen.

Der weist ihm verdattert den Weg zu einer Kabine, deren Bullaugen offen stehen. Der Geruch von gammeligen Dingen liegt trotzdem in der Luft: In großen Abfallcontainern sammelt sich hier Müll aller Art.

Eigentlich müsste Silas den Kram in Hubis Tonne erst sortieren, doch dazu hat er keine Lust. Er öffnet schwungvoll irgendeinen Behälter und will die gesamte Ladung hineinkippen.

Dann stoppt er abrupt ab. „Das gibt es nicht!“, rutscht ihm heraus, und er lässt verblüfft den Papierkorb fallen. Es scheppert laut.

Silas packt die Kante des Containers mit beiden Händen, zieht sich hoch und angelt mit den Armen im Altpapier herum, bis er die obersten drei Hefte herausgefischt hat. Nun hält er die beiden Comics sowie die Musikzeitschrift „Beats und Bands“, die er bereits im Park entdeckt hatte, in seinen Händen.

Aufgeregt rennt er zurück und stürmt in Huberts Kabine. „He, Hubi, die verschwundenen Sachen – ich habe sie gefunden!“

„Wo ist mein Papierkorb?“, will sein Lotsenkollege wissen.

„Den kannst du dir aus dem Müllraum holen. Du hast dir nur gewünscht, dass ich den Papierkorb leere. Das habe ich gemacht“, erklärt Silas, bevor er eindringlich fortfährt: „Wir müssen uns auf der Brücke treffen!“

Silas wedelt bedeutungsvoll mit den Zeitschriften herum, doch Hubert ist eingeschnappt. Sonst ist er immer derjenige, der die Marschrichtung vorgibt. Und die anderen haben zu tun, was er vorschlägt. Deshalb schmollt er jetzt und präsentiert Ausreden. Dass Robin wenig später in Silas' Kabine aufkreuzt, gefällt Hubert erst recht nicht. Er scheint tatsächlich eifersüchtig zu sein, denn er redet ausschließlich mit Silas und will den anderen Jungen nicht beachten.

„Du schwimmst ständig in unserem *Kielwasser*. Es nervt!“, stellt er irgendwann in seiner direkten, kompromisslosen Art fest und funkelt Robin an.

Silas würde niemals jemanden derart vor anderen blamieren und fertigmachen. Zum zweiten Mal an diesem Tag nimmt er einen Mitschüler in Schutz: „He, Hubert, taff bleiben und abkühlen. Nicht jeder kann so genial, freundlich, hilfsbereit und gut aussehend sein wie du.“

Dass der letzte Satz ironisch gemeint war, geht glatt an Hubert vorbei. Er blinzelt Silas zu. „Na schön“, antwortet er schlapp. „Eigentlich habe ich das gewusst.“

„Aber es stimmt dich nicht barmherzig und nachsichtig“, grinst Silas und wedelt mit einem Block. „Robin hat supertolle Einfälle. He, Robin, schreib bitte alle deine Vorschläge auf, damit wir keinen davon vergessen!“

Plötzlich durchzuckt es Silas wie ein Blitz: Genauso beschwichtigend hat sein Vater oft mit seinem kleinen Bruder Lukas gesprochen, wenn der ausrastete oder kribbelig vor lauter Ideen war.

Das Heimweh überwältigt Silas schlagartig, und er dreht sich mit einem Ruck um, damit keiner die einschießenden Tränen sieht. Entschlossen blinzelt er sie fort. Er hat selten Zeit, um an Kolumbien zu denken. Aber wenn, dann trifft es ihn heftig, bis in den Bauch.

„Wo stehen die kaputten Kickertische?", fragt er rasch, damit er auf andere Gedanken kommt.

„Wir gehen hin", schlägt Robin vor.

Hubert schlurft wie eine beleidigte Diva hinter den beiden Jungen zum Mitteldeck. Hier lagern unter einer Treppe ausrangierte Sachen, die man vielleicht reparieren könnte. Bisher hat sich niemand um die Kickertische gekümmert. Silas und Robin müssen erst eine Menge anderer Dinge forträumen und stapeln, bevor sie die Kicker hervorziehen können.

„Bei dem wackeln die Füße! Und der Filz ist wellig. Eine Stange ist schief", stellt Robin fest.

„Können wir das nicht mit dem Werkzeug und dem Material aus der Fahrradwerkstatt beheben?", will Silas wissen. „Es muss nicht perfekt aussehen!"

Hubert steht gelangweilt an der Wand und betrachtet seine Fingernägel, die kurz und abgebissen aussehen.

„Ich weiß nicht, ob wir passende Ersatzteile haben", murmelt Robin. „Die Sachen sind teuer, und wir bekommen nicht viel Geld für die Werkstatt."

Silas denkt nach, während Hubi leise eine immer gleiche Melodie summt. Sie erinnert Silas an einen aufdringlichen Werbesong.

„Sponsoring!“, platzt er heraus. „Wir machen Bandenwerbung! Hier am Rand des Spielfeldes und außen!“

Robin starrt ihn verständnislos an, doch Hubi hat begriffen, was Silas meint. Plötzlich ist er wieder begeistert dabei. „Ja, super. Wir fahren morgen früh ins Städtchen. Dort klappern wir ein paar Geschäfte ab, in denen wir sonst alles Mögliche einkaufen. Die geben uns bestimmt Geld, damit wir für sie Werbung an den Kickertischen oder mit Radiodurchsagen machen. Wir kleben das Logo des Ladens an die Banden und machen Beweisfotos davon. Zum Beispiel das Brezelbild vom Bäcker Bertram, wenn er genug Kohle dafür abdrückt.“

„Gibt es vielleicht Händler, die uns Getränke oder andere Dinge sponsern würden, die wir beim Kickerturnier verkaufen könnten?“, will Silas wissen.

„Klar, bestimmt. Ich kenne den Limoladen gut, ich bin da Stammgast. Und wir können die Leute fragen, die Lebensmittel auf die Schiffe liefern! So bekommen wir bestimmt ein bisschen Asche zusammen“, stimmt Hubi zu. Von seiner schlechten Laune ist nichts mehr zu spüren. Er sprudelt über vor Ideen.

„Emmas Mutter hat eine Firma. Vielleicht gibt die etwas dazu, wenn wir den Namen und das Kennzeichen ihres Betriebes als Bandenwerbung aufkleben. Die verticken Solarzellen. Okay, Jungs. Ihr seht nach, ob ihr an den Kickertischen schon etwas reparieren könnt. Und ich gehe inzwischen zu Tatütata und mache das mit ihm klar."

Hubi reibt seine Hände. Dieses feine Schaben findet Silas eklig, doch er sagt nichts und hofft, dass Hubi abzischt. Der kann wirklich ziemlich anstrengend sein.

Auch Robin atmet erleichtert auf, als Hubi verschwindet. Gemeinsam fachsimpeln die beiden Jungen nun darüber, was sie alles für die Reparaturen brauchen.

„Wir könnten im Internet nachschauen, wie teuer es wird", schlägt Silas vor.

Robin nickt abwesend. „Schrauben, Unterlegscheiben und zwei neue Fahrradgriffe für die Stangen! Ich laufe zum Bootshaus und suche den Kram zusammen."

„Soll ich dir helfen?", bietet Silas an.

„Nein, lass mal. Wenn Laura dich sieht, flippt sie wieder aus. Sie ist gerade nicht gut auf dich zu sprechen. Überall erzählt sie herum, dass du ein verlogener Hamster bist, der alles sammelt, was nicht niet- und nagelfest ist." Robin ist im Laufe seiner Rede immer leise geworden. Er schämt sich für das Verhalten seiner Schwester.

Silas schaut Robin direkt in die Augen. „Ehrlich, ich habe nichts mit den verschwundenen Sachen zu tun. Kannst du ein Geheimnis für dich behalten, Robin?"

Als der nickt, erzählt Silas ihm von dem verschollenen Rucksack und seinem Fußball. „Ich wollte abhauen", rutscht ihm heraus. Er blickt auf den Boden. Ob Robin ihn auslacht?

Aber diese Sorge ist umsonst. „Kann ich verstehen. Am Anfang wollte ich auch nicht bleiben. Ist ziemlich blöd, wenn zu Hause so weit weg ist“, gibt Robin gedämpft zu, damit keiner sein Geständnis hört. „Meine Eltern sind in Kenia.“

„Wie die von Hubi?!“, murmelt Silas.

Robin nickt wenig begeistert.

Als sie kurz darauf zusammen den Dreck von den Kickertischen putzen und erste Schäden reparieren, hat Silas das Gefühl, einen neuen Freund gefunden zu haben. Das hätte er nach ihren ersten Begegnungen nie gedacht.

Wenig später flitzt Silas mit dreckigen Fingern in seine Kabine, um seine Sportsachen zu holen. Die unterste Schublade seines Rollcontainers steht offen, und es sieht so aus, als habe Hubert den gesamten Inhalt von Silas' Papierkorb dort hineingekippt und den Abfallbehälter adoptiert.

„Dieser Blödbommel!“, explodiert Silas. Doch er hat leider keine Zeit, seinen Kabinennachbarn zur Rede zu stellen oder eine kleine Rache einzufädeln. Er wird ohnehin zu spät auf dem Sportplatz sein.

Mit dem Unterarm haut er auf die Klinke zum Badezimmer. „Aua!“, stöhnt er, weil das Ding nicht nachgibt. Hat Hubert sie verkeilt?

Verzweifelt schaut Silas auf seine Hände, an denen Öl und Dreck kleben. Schließlich zieht er seine Jeans aus und hinterlässt dort Flecken. Genauso wie am Schrank, aus dem er die Jogginghose fischt. Die Turnschuhe hält er vorsorglich an den Schnürbändern fest.

Dann flitzt er los, um sich mit Robin an der Landungsbrücke zu treffen. Der andere Junge erwartet ihn bereits ungeduldig.

Bevor es durch den Park weitergeht, säubert Silas seine Hände notdürftig im Wasser der Bucht.

„Fall bloß nicht wieder ins Wasser!“, warnt Robin grinsend und tut so, als wolle er Silas stoßen.

Der springt hastig zurück. Er hat überhaupt keine Lust, nass zu werden oder gleich einige Runden auf dem Sportplatz zu drehen. Viel lieber würde er mit Robin weiter am Kicker arbeiten und Hubert zur Schnecke machen.

13. Tatütata auf Sendung

Völlig erledigt lässt sich Silas auf einen Stuhl in der Messe sinken. Robin und er mussten eben auf dem Sportplatz zwei Zusatzrunden laufen, weil sie zu spät gekommen waren. Und auch sonst hat ihnen Frau Hampel, die Sportlehrerin, nichts geschenkt.

Manche Schüler des Schiffsinternats verbringen das Wochenende bei ihrer Familie, darum gibt es freitags noch ein gemeinsames Kakaotrinken mit leckerem Kuchen. Emma und Tom bleiben hier, obwohl sie ebenfalls nach Hause fahren könnten: Sie wollen die Sendungen von Radio Ruhest☺rung nicht verpassen. Ihre Eltern haben sich damit abgefunden und schauen manchmal wenigstens sonntags vorbei, um ihre Kinder zu sehen.

Silas, Hubi, Tom, Anna und Emma sitzen beieinander, während Robin ein wenig verloren in der Messe herumsteht. Da zieht Silas noch einen Stuhl an den Tisch und winkt ihn herbei. Das kommt ihm komisch vor: Er selbst ist doch der Neue, und trotzdem wirkt Robin viel einsamer als er.

Als Robin sich dankbar zu ihnen gesellt, legen Hubi und Emma saure Mienen auf.

Anna hingegen lacht fröhlich. „Ich habe von dem Kickerturnier gehört, und ich bin dabei. Allerdings brauche ich noch einen Partner, denn Silas hast du mir ja leider weggeschnappt. Aber warte nur, ich finde einen schlagkräftigen Ersatz. Hubert, kannst du kickern?“

Der hat ein großes Stück Kuchen im Mund und verschluckt sich vor Schreck. Krümel regnen über die ganze Tischplatte.

„Ne, der kann nicht einmal essen“, kichert Emma. „Lass uns ein Mädels-Team aufmachen.“

Hubert hat sich violett-rötlich verfärbt, und Silas trommelt kräftig auf seinem Rücken herum. „Kleine Rache für den geraubten Mülleimer und all die anderen Schikanen“, denkt er befriedigt und kann nur mit Mühe ein Grinsen verbergen.

„He, stopp, das reicht“, ächzt Hubert und hustet. Mit dem Ärmel wischt er dann den Tisch notdürftig sauber.

„Igitt!“, kommentiert Emma sein Tun und reicht ihm eine Serviette.

„Tatütata ist einverstanden, dass wir morgen für das Kickerturnier Sponsoren suchen“, krächzt Hubert mühsam und schüttet seinen Becher Kakao auf ex in sich hinein. Das scheint zu helfen. „Tatütata schießt uns etwas Geld vor, damit wir starten können.“

Halbwegs vernünftig erläutert er nun den anderen seinen Plan. Die nicken, und Tom blickt auf die Uhr. „In zehn Minuten treffen wir uns auf der Brücke. Silas, bring die drei Hefte mit, die du aus dem Container gefischt hast.“

Es dauert etwas länger, weil Silas zunächst Hubis ehemaligen Papierkorb aus dem Müllraum holt und seine Kabine aufräumt. Dann haben die Reporter von Radio Ruhest☺rung alles am Start.

Anna klebt ein weiteres Blatt an den Zeichenblock. „Fundort, Datum, Finder“, schreibt sie in drei neue Spalten und trägt alles ein.

Silas plädiert dafür, den Baum, unter dem die Zeitschriften lagen, ebenfalls zu notieren.

Mit außergewöhnlichem Fleiß hantiert Emma an der Spüle. „Ich glaube Silas nicht. Der spielt uns den Unschuldigen bloß vor! Er selbst hat die Zeitschriften gestohlen und gibt sie nur zurück, um uns reinzulegen. Du hast das Magazin ‚Beats und Bands' aus meiner Kabine geholt", sagt sie, ohne Silas dabei in die Augen zu sehen.

„Du übernimmst einfach die Lügenmärchen von Laura", stellt Silas fest. Er wundert sich, weil er gar nicht wütend ist. Eher traurig. Und er merkt, dass er Angst bekommt. Was wird, wenn auch andere Schüler auf Lauras Geschichten hereinfallen? „Wie werden sie mich behandeln? Redet dann keiner mehr mit mir?"

Silas spürt, dass die Gedanken an die Flucht wieder stärker werden. „Dann würde ich Robin mitnehmen", schießt es ihm durch den Kopf. „Aber vor Problemen fortlaufen ist dämlich", wird ihm gleich darauf bewusst. „Irgendwann holen sie einen ein und sind auf der Überholspur."

Das hat seine Mama immer gesagt, wenn es knifflig oder gefährlich wurde. „Wir haben einen Gott, der mächtiger ist, als wir uns vorstellen können. Wir können sicher sein, dass er uns auch bei schwierigen Aufgaben nicht alleinlässt, sondern bei uns ist und uns unterstützt. Er kennt die Zukunft und hat schon längst die Hilfe am Start." Silas nimmt sich vor, heute Abend unbedingt eine lange Mail nach Kolumbien zu schicken oder mit seiner Familie zu skypen.

Da klopft es plötzlich an der Tür, und ein ungewöhnlicher Besucher betritt die Brücke: Der Schulleiter weist auf einen der Sitzsäcke und fragt die fünf Reporter, ob sie etwas Zeit hätten.

„Natürlich, Herr Feuerbach. Hätten wir gewusst, dass Sie uns beehren, dann hätten wir sogar aufgeräumt. Möchten Sie etwas trinken?“, plaudert Anna total gelassen.

Irgendwie beneidet Silas das Mädchen um diese Fähigkeit, immer cool zu wirken. Sogar gegenüber Erwachsenen. Er selbst verheddert sich vor Aufregung fast in der Hängematte.

Tatütata winkt ab. „Wann geht ihr auf Sendung?“

„In zwanzig Minuten starten wir, aber wir müssen noch ein paar Dinge besprechen“, erklärt Hubert wichtig. Alle sind gespannt, was der Schulleiter möchte.

„In Ordnung. Auf dieser Liste notiert ihr die verschwundenen Sachen?“ Er zeigt auf den Zeichenblock. „Ich muss ebenfalls etwas melden“, erklärt er dann.

„Na, das hätten Sie auch als Notiz in unseren Briefkasten werfen können“, meint Hubert lässig.

„Wird der etwa auch am Wochenende geleert? Macht ihr da keine Pause?!“, witzelt Herr Feuerbach, bevor er mit ernstem Gesicht fortfährt: „Ich muss sichergehen, dass ihr meine Angaben schnellstmöglichst bekommt und bearbeitet. Und natürlich müsst ihr sie vertraulich behandeln.“

Die Reporter werden immer neugieriger.

„Aus meinem Büro ist eine Brötchenhälfte verschwunden. Das Salatblatt und die Gurke hat der Täter zurückgelassen. Welchen Belag er bevorzugt, weiß ich nicht.“

Silas rutscht tiefer in die Hängematte und hat keine Ahnung, wo er hinschauen soll. „Was mache ich bloß? Ich muss mich unauffällig benehmen. Aber das kann ich nicht. Wenn ich nur von hier wegkönnte!" Er kann Emmas bohrende Blicke fast körperlich spüren.

„Außerdem fehlt Geld ..."

Den Rest des Satzes hört Silas nicht, weil seine Gedanken Amok laufen. „Ich darf nicht zugeben, dass ich in seinem Büro war. Ich rutsche immer tiefer in die Tinte!" Er atmet schnell, und seine Hände werden feucht. Schließlich wischt er sie an der Turnhose ab und zwingt sich, wieder besser zuzuhören.

„Ich möchte gerne Sendezeit für eine Ansprache bei Radio Ruhest☺rung. Da erreiche ich die meisten Schüler direkt und schnell", trägt Tatütata seine Überlegung vor.

Nach einer kurzen Denkpause meint Hubert: „In Ordnung, Herr Tatü, äh, Herr Feuerbach, Sie bekommen nach einer Ansage von uns 3 bis maximal 5 Minuten für Ihre Rede. Denn Sie haben recht, über Ruhest☺rung kommt Ihre Message an. Das ist besser als eine Schulversammlung, wo keiner zuhört. Und es ist wichtig, dass das mit den Diebstählen aufhört."

Erfolgheischend blickt Hubi in die Runde. „Einverstanden? Oder sollen wir abstimmen?"

Doch die Reporter von Radio Ruhest☺rung haben keine Einwände.

Nun geht Tom ans Mischpult. Er weist den Schulleiter in ein paar Besonderheiten ein, bevor er selbst anfängt, ins Mikro zu sprechen:

„Hi, Leute, hier ist Tom von Radio Ruhest☺rung. Wir haben zwei Tage ohne lästigen Unterricht vor uns, und ihr habt gewiss eine Menge coole Sachen geplant.

Wer ein bisschen Zeit übrig hat, kann morgen Nachmittag um 15 Uhr auf dem Sportplatz Hockey spielen. Außerdem lädt Rut zum Cake-Pops-Backen in die Kombüse ein. Das sind irgendwelche Teigteile am Stiel, schön bunt und garantiert lecker. Wer mir eines schenkt, bekommt einen Radiowunsch gratis.

Und hier ein krasser Song zum Wochenende: Sperrt die Lauscher auf, und los gehen Spaß, Spannung und gute Laune." Tom schiebt Regler hin und her und seinen Kopfhörer auf einer Seite weg vom Ohr.

Auffordernd blickt er Tatütata an. „Nach der Nummer sind Sie am Start. Haben Sie sich aufgeschrieben, was Sie sagen wollen? Manchmal hat man nämlich einen Blackout vor dem Mikro, und der Kopf ist ganz leer." Er rüstet den Lehrer mit einem Kopfhörer aus, der mit Pflaster notdürftig geflickt worden ist.

Silas bleibt in der Hängematte. Er möchte sich den Anblick von Tatütata auf Sendung nicht entgehen lassen.

Offenbar ist der Schulleiter ein wenig nervös, denn er räuspert sich und blickt angestrengt auf den Zettel, der vor ihm liegt. Silas kann das gut nachvollziehen. Morgen soll sein Interview starten, und wenn er daran denkt, wird ihm ziemlich komisch im Bauch.

Das Lied, das gerade läuft, ist gleich zu Ende. Tom wirft einen fragenden Blick auf Tatütata, der zustimmend nickt.

Daraufhin regelt Tom die Musik herunter und fängt an zu sprechen. „Vor ein paar Tagen haben wir euch gebeten, Dinge, die verschwunden sind, zu melden. Wir haben eine lange Liste zusammengestellt. Ich lese sie mal vor."

Tom rattert alles herunter, bevor er mit folgenden Worten schließt: „Und jetzt übergebe ich das Mikro an Kanal fatal. Wir von Radio Ruhest☺rung sind selbst gespannt, was uns Herr Feuerbach berichten will!“

Und der macht seine Sache gut. „Schlimm genug, dass da jemand das Eigentum seiner Mitschüler nicht achtet. Aber dass wir uns gegenseitig bespitzeln, beschuldigen und Geschichten erzählen, die wir nicht beweisen können, macht die Lage nicht besser. Wir wollen trotz der Schwierigkeiten freundlich und achtsam miteinander umgehen.

Ich erinnere an die Gebote, die in der Bibel stehen: Du sollst andere nicht bestehlen. Du sollst keine unwahren Aussagen machen. Du sollst mit deinen Mitmenschen genauso liebevoll umgehen, wie du es auch für dich selbst wünschst.

Und wenn ich schon einmal hier zu Gast bei Radio Ruhest☺rung bin und am Mikro sitzen darf, möchte ich mir direkt ein Lied wünschen.“

Tom nickt und sucht den entsprechenden Song heraus. Silas hätte dem Schulleiter diesen modernen Geschmack gar nicht zugetraut.

„Tatütata spielt Schlagzeug in der Lehrer-Schüler Band“, wispert Anna Silas ins Ohr. Danach flitzt sie mit Emma davon.

„Die haben Mädels-Abend im Wohnzimmer. Da schauen die immer Heul- oder Knutschfilme! Taschentuch und Lippenstift, Tanzen und Kichern“, erklärt Hubert angewidert. „Aber morgen sind die Jungs dran. Da knallt es ordentlich auf der Leinwand, das sage ich dir!“

Silas krabbelt aus der Hangematte. Tatütata und Tom fachsimpeln so konzentriert am Mischpult, dass Tom fast seinen Einsatz verpasst. Er redet nur kurz und spielt wieder Musik ein.

Später übernimmt Hubi das Mikrofon und erklärt Silas die Technik. Der bekommt vor Aufregung einen heißen Kopf, aber Radio Ruhest☺rung macht ihm immer mehr Spaß.

14. Verfolgungsjagd und Schokoladeneis

Wach werden, Sponsor-Tour!“, brüllt Hubert und wirft einen nassen Waschlappen in Silas’ Koje. Er landet einen satten Gesichtstreffer.

Silas will die Schlappe nicht auf sich sitzen lassen: Er schwingt sich rasant aus dem Bett, packt Hubert und will den Waschlappen über ihm auswringen.

Doch Hubi reißt sich los und verschwindet im Badezimmer. Krampfhaft hält er die Tür von innen zu. Da gibt Silas auf – wenigstens ist er jetzt schon gewaschen. Er schlüpft in seine Kluft und geht ohne Hubert in die Messe.

So früh ist wenig los: Die meisten Lotsen und Senfkörner nutzen den freien Tag zum Ausschlafen. Aber Anna und Emma sitzen bereits an einem Tisch und winken Silas zu. Der stellt sich am Buffet allerdings erst mal ein großartiges Frühstück zusammen. Er hat sich bereits die ganze Woche darauf gefreut, denn am Wochenende gibt es besondere Dinge wie Rührei, Würstchen, Obstsalat und andere Leckereien.

„Diesen Berg kannst du niemals verdrücken, Silas“, sagt Anna.

Silas zieht verwundert eine Augenbraue hoch. „Um was wetten wir?“, grinst er.

„Um ein Eis im Städtchen!“, kontert Anna.

Silas schlägt ein und beim Frühstück zu. In atemberaubendem Tempo und noch bevor Hubert überhaupt aufgetaucht ist, hat er alles bis auf den letzten Krümel verdrückt und sich noch einen Joghurt zum Nachtisch geholt.

Anna staunt.

Als Hubi schließlich aufkreuzt, verlässt Emma die Messe. Sie moderiert mit Tom das Frühstücksradio.

Hubert ist offenbar schlecht gelaunt, doch Anna und Silas beachten ihn kaum. Sie reden einfach weiter.

Das passt ihm nicht die Bohne. „Der Chef vom Dienst ist hier, ihr Saftnasen!", platzt er dazwischen.

Anna verdreht verächtlich die Augen. „Haben wir längst gemerkt, keine Sorge", sagt sie und wendet sich wieder an Silas. „Nächste Woche reisen meine Eltern durch die Schweiz. Sie erzählen in Gemeinden von ihrem Missionsprojekt. Ich werde sie besuchen, bevor sie nach Nepal zurückfahren!" Sie strahlt.

Da Silas seine Familie frühestens in den Weihnachtsferien sehen kann, wird er auf der Stelle neidisch. Er weiß nicht, was er sagen soll. Zum ersten Mal ist er dankbar, dass Hubert unhöflich dazwischenplappert.

„Seid ihr endlich fertig? Wer organisiert uns Fahrräder?"

„Robin", erwidert Silas trocken. „Und bei deinem hat er einen Lautsprecher eingebaut. Der brüllt ständig: ‚Achtung! Hinhören: Der heftige Hubert von Radio Ruhest☺rung bittet um Spenden!'"

Bevor Hubi eine Attacke starten kann, springt Silas so schwungvoll auf, dass sein Stuhl auf den Boden knallt. Doch er kümmert sich nicht darum, sondern sprintet zum Ausgang, über die Landungsbrücke und zum Bootsschuppen.

Die Luft ist kalt. Silas wünscht, er hätte einen Pullover angezogen. „Was ist das? Läuft da vorne nicht Huberts hässliches Streifenshirt?“ Silas rennt hin, aber als er mitten auf der Wiese steht, kann er niemanden mehr erkennen. Der Park liegt verwaist vor ihm. Nur auf dem Sportplatz spielen ein paar Unermüdliche Fußball. Und deren Jacken sind unifarben.

Daraufhin schlendert Silas zu Robin, der ihm sofort einen Helm zuwirft. Silas schnappt ihn und stellt die Riemen passend ein. Bis Anna und Hubi erscheinen, fahren Robin und Silas Kreise und vollführen gewagte Bremsmanöver im Kies des Ufers.

„Fall bloß nicht wieder in die Soße“, grinst Robin und braust dicht vor Silas her.

„Ist schon seit ein paar Tagen nicht mehr passiert“, stellt Silas erleichtert fest.

Kaum ist Hubert vor Ort, übernimmt er das Kommando und die Spitze. Die vier radeln zunächst am Fluss entlang. Der Wind streift Silas’ Gesicht, ein Frachtschiff lässt grüßend das Horn ertönen. Sie sind flott unterwegs, aber bis zum Städtchen brauchen sie trotzdem eine gute halbe Stunde. Allmählich wird es etwas wärmer, und die Sonne schaut zwischen den Wolken hervor.

„Wir teilen uns auf, dann sind wir schneller durch. Ich gehe mit Anna, Silas mit dem da“, bestimmt Hubert, wobei er mit seinem Arm abfällig auf Robin zeigt.

Anna schließt seelenruhig ihr Rad ab. „Hast du zwei Info-Briefe von Tatütata für die Ladenbesitzer, Hubert?“, fragt sie zuckersüß.

„Nein, wieso?“, will der wissen.

„Weil wir dann zusammenbleiben werden. Mit einer zusätzlichen Kopie hättest du deinen Willen durchsetzen können!“ Anna hakt sich bei Silas und Robin unter. „Zuerst in die Fußgängerzone“, bestimmt sie.

Wütend stapft Hubert hinter den anderen her.

Um diese Uhrzeit spazieren nur wenige Leute durch die engen Gassen zwischen den Fachwerkhäusern. Die vier können in den Läden darum in aller Ruhe von ihrem Vorhaben berichten und haben rasch eine Menge Geld zusammen.

„Schade, es reicht nicht für einen neuen Kicker“, sagt Hubert, nachdem er die Scheine und Münzen gezählt hat.

Robin ist ziemlich schweigsam. Hin und wieder wirft er Hubert finstere Blicke zu.

„Ich habe ein Eis gewonnen“, erinnert Silas Anna, die gerade die Auslage eines Buchladens auswendig lernt. Sie stehen schon ewig vor dem Schaufenster.

„Ja genau, machen wir eine Pause!“, jubelt Hubi.

„Dir kaufe ich kein Eis, Hubert“, stellt Anna sofort klar.

„Macht nichts, wir haben ja genug Asche!“ Der Radiochef zuckt ungerührt die Achseln.

„Stopp, das sind Spendengelder. Davon nehmen wir keinen Cent“, protestiert Silas.

„Sei kein Spielverderber“, mault Hubert. „Ein Eis als Bezahlung für unsere Mühen sollte drin sein!“

„He, da vorne ist es wieder!“, schreit Silas plötzlich und rennt los. Das holprige Kopfsteinpflaster ist keine gute Rennstrecke; fast wäre er gestürzt.

Er biegt gerade noch rechtzeitig um die Ecke des Blumenladens, um den gestreiften gelben Pullover am Ende der Gasse verschwinden zu sehen.

Aufgeregt legt Silas noch einen Zahn zu und umrundet eine Frau mit schweren Einkaufstaschen. Anscheinend hat er sie gestreift, denn sie schimpft empört hinter ihm her. Doch Silas bricht die Verfolgungsjagd nicht ab. Hastig schaut er in alle Richtungen. Wo ist der Pullover hin?

Silas ist fast sicher, dass der Träger ein dunkelhaariger Junge ist, ungefähr in seinem Alter. Doch er ist verschwunden.

Anna und Robin sind Silas gefolgt. Von Hubert ist hingegen weit und breit nichts zu sehen.

„Wegen diesem fürchterlichen Kleidungsstück von Hubi-Dubi bist du so gerannt?", fragt Robin keuchend.

„Wenn wir die Streifen erwischen, dann haben wir vielleicht auch den Hamster", erklärt Silas.

„War es ein Lotse?", erkundigt sich Anna.

„Ich weiß es nicht. Das Gesicht habe ich nicht richtig gesehen. Vielleicht ist es niemand von uns", murmelt Silas und stutzt. „Von uns", hat er gesagt. Gehört er wirklich dazu, ist er zum Lotse geworden?

Auch Anna ist seine Wortwahl aufgefallen. Sie lacht. „Auf zur Eisdiele. Nach deinem Turbosprint hast du eine doppelte Portion verdient. Sagen wir Mango und Kokos?"

Silas schüttelt sich angeekelt. „Bloß nichts Exotisches. Wie wäre es mit Schokolade und Schokolade?"

Anna nickt, und Silas ist nicht erstaunt, dass Hubert in der Eisdiele bereits einen großen Pappbecher in der Hand hält und eifrig löffelt. Verwundert ist er nur, weil das Eis nicht in Kugeln portioniert, sondern mit einem Spatel in den Behälter geschmiert wird. Aber es schmeckt lecker, und die Menge ist enorm.

„Die Eisdiele sponsert das Fußballturnier ebenfalls", verbucht Hubert gut gelaunt einen Sieg.

„Silas hätte fast deinen Pullover zurückerobert. Das gelbe Ding ist allerdings im letzten Moment entwischt", klärt Anna den Chef vom Dienst auf.

„Was?! Echt?! Hier? Den Kerl kauf ich mir!" Hubi macht Anstalten, hektisch davonzulaufen.

„Zu spät", sagt Robin und löffelt genüsslich eine Ladung Erdbeereis.

Die kleine Eisdiele liegt direkt am Flusshafen des Städtchens. Eine *Mole* schützt die Bucht vor zu starken Wellen. Die vier Schüler setzen sich auf die *Poller* an der Kaimauer und schauen den Schiffen nach. Ein paar Möwen kreischen und streiten um das Futter, das ihnen ein älterer Herr hinwirft. Silas macht die Augen zu und öffnet sie dann wieder. Manchmal kommt es ihm vor, als würde er träumen. Aber seine Freunde sitzen neben ihm, schlecken ihr Eis und genießen die Frühlingssonne. Hubert probiert natürlich frech bei jedem, der nicht rechtzeitig den Becher fortzieht.

„Anna, können wir gleich die Sendung tauschen? Ich habe heute etwas anderes vor", sagt er dann und wirft seine Serviette in den Mülleimer.

Silas ist enttäuscht. Wieder einmal versetzt ihn Hubert und hält Absprachen nicht ein. Gestern Abend haben sie ausgemacht, Radio Ruhest☺rung heute gemeinsam zu moderieren, und schon eifrig Pläne dafür geschmiedet. „Aber …“, widerspricht er.

„Ihr könnt alleine zurückfahren“, sagt Hubi großzügig und wedelt mit der Hand wie ein huldvoller König.

„Wunderbar“, meint Anna trocken. „Aber die schwarze Reißverschlusstasche mit dem Geld nehmen wir mit. Wir geben sie Tatütata, wie es abgesprochen war!“

„Und wo sollen die Spenden hin, die ich alleine einsammeln werde?“, erkundigt sich Hubi von oben herab.

Anna lässt sich nicht umstimmen. „Die Kohle her, und die bisherigen Ergebnisse. Hoffentlich hast du alles richtig aufgeschrieben. Ich packe den Krempel in meinen Rucksack. Das leere Etui kannst du wiederhaben.“

Grummelnd gibt Hubi nach.

„Was geht bloß in seinem abgedrehten Gehirn vor?“, murmelt Silas auf dem Weg zu den Fahrrädern.

Anna zuckt mit den Achseln. Die Schlüssel für das Schloss klimpern in ihrer Hand. „Keine Ahnung. Heute kann man ihn jedenfalls kaum ertragen.“

Silas nimmt all seinen Mut zusammen. „Kann ich dir bei Radio Ruhest☺rung helfen?“, fragt er Anna. „Nur ein bisschen?!“

Die schaut ihn so überrascht an, dass er sich vor Verlegenheit förmlich windet.

„Na klar, super. Wir senden ein tolles Ding“, sagt sie. „Hab gar nicht dran gedacht, dass wir dich jetzt haben!“

Robin steht startklar etwas abseits. „Komm doch ebenfalls zur Brücke“, lädt Anna ihn großzügig ein.

„Hm, nein, ich kann nicht. Ich will an den Rädern und den Kickertischen schrauben. Silas, können wir vielleicht zusammen Ersatzteile bestellen?“, druckst Robin herum.

Silas prustet los. Über Langeweile kann er sich wirklich nicht beklagen. „Ja, aber ich fürchte, dann müsst ihr mir beim Erledigen meiner Zusatzaufgaben helfen. Sonst lässt mich Tatütata *über die Planke gehen*. Und irgendwann will ich auch mal schlafen!“

15. Eine Goldgrube in der Geisterstadt?

Fahrt ihr mit mir einen kleinen Umweg?", fragt Anna, als sie die ersten Fachwerkhäuser hinter sich gelassen haben. „Ich möchte gerne zum Bahnhof und nachschauen, wo die Züge abfahren."

Silas ruft: „Na klar." Er ist ohnehin neugierig auf die Umgebung. Die Schiffe kennt er jetzt einigermaßen, aber sonst hat er bisher nicht viel gesehen.

Anna biegt ab, sodass der Fluss nun in ihrem Rücken liegt, und sie radeln auf die Weinberge zu. Die Gegend wird immer einsamer, nur vereinzelt stehen Häuser an der Straße.

„Industriegebiet Nord, Bahnhof, Wasserwerk, Bahnbetriebswerk", liest Silas auf weißen Verkehrsschildern. „Fast wie bei Monopoly."

Sie strampeln an lang gestreckten Gebäuden vorbei, die nicht mehr bewohnt sind. Die grauen Backsteine haben Löcher, Mörtel bröckelt ab. Überall liegen rostige Gleise im Schotter, zwischen denen Gras hochwächst.

„Liebliche Gegend", kommentiert Silas den Berg aus Betonstücken, der sich neben einer Drehscheibe erhebt.

„Achtung, da rast ein Gabelstapler auf uns zu!", warnt Robin.

Glücklicherweise bremst das Gefährt rechtzeitig und wechselt die Richtung.

„Hinterher", beschließt Robin und tritt kräftig in die Pedale.

„Da geht es aber nicht zum Bahnhof", widerspricht Anna. Sie hält an und fährt erst weiter, als Silas sie überholt.

Vor einem alten Gemäuer aus grauen Backsteinen vollführt Robin eine Vollbremsung, steigt ab und beginnt, die Rampe zum Eingang hochzumarschieren.

Irgendetwas an dieser abweisend wirkenden Bruchbude kommt Silas bekannt vor. „Ich habe dieses Haus schon mal gesehen. Wenn ich bloß wüsste, wo“, murmelt er und bremst ebenfalls.

„Hier ist ein Geschäft. Vielleicht finde ich die passenden Schrauben für den Kicker“, schreit Robin und öffnet eine Holztür, in die ein rautenförmiges Fenster eingelassen ist. Ein Glöckchen klingelt zur Begrüßung.

„Eisenwarenhandlung Bodo Lehmann“, entziffert Silas auf einem antik wirkenden Schild über schmutzigen Schaufenstern.

„Hoffentlich stürzt dieser Schuppen nicht ein, wenn Robin zu kräftig atmet“, sagt Anna, während sie das Gebäude misstrauisch betrachtet. Direkt daneben steht ein ähnliches lang gestrecktes Haus, dessen Fenster im Erdgeschoss mit Brettern vernagelt sind.

„Hier sieht es aus wie in einer Geisterstadt im Wilden Westen. Wer würde hier einen Laden vermuten?“, lacht Silas. Aber es klingt etwas gequält. „Sollen wir Robin nachgehen?“, murmelt er dann mit einem unbehaglichen Gefühl im Bauch. „Wer weiß, was uns dort erwartet …“

„Robin?“, ruft Anna. Doch sie bekommt keine Antwort. Die Sonne versteckt sich hinter einer dicken Wolke. Sofort wird es kalt, und die Häuser sehen noch unfreundlicher aus.

An Silas’ Armen wächst Gänsehaut, er fröstelt. Zögernd stellt er sein Fahrrad an der Hauswand ab.

„Robin?!“, versucht Anna es erneut. Anna und Silas wechseln einen fragenden Blick. Eine Möwe kreischt vom Himmel herunter. Ist das eine Warnung?

„Hast du dein Handy dabei?“, erkundigt sich Silas. Anna nickt.

„Ich gehe Robin hinterher. Wenn ich nicht wieder herauskomme und dich hole, rufst du die Polizei, okay?“, schlägt Silas vor. Er greift nach einer rostigen Eisenstange, die hier herumliegt, und klopft damit probeweise auf den Boden.

„Stabil!“, meint er, bevor er langsam die Rampe hinaufgeht. Ein Steinchen kollert davon. Irgendetwas stinkt: Es riecht ein bisschen nach schmutziger Toilette und schlecht gewordener Milch.

Silas' Schuhe scheinen heute viel mehr zu wiegen als gewöhnlich. Jeder Schritt fällt ihm schwer, denn alles hier ist irgendwie gruselig.

Als Silas seine Hand auf die schiefe Klinke legt, geht die Tür knarrend auf. Silas springt erschrocken zurück, wobei er seine Waffe drohend über dem Kopf schwenkt.

Anna schreit ängstlich auf.

„Wo bleibt ihr denn?!“, will Robin wissen. Im selben Moment schickt die Sonne wärmende Strahlen. Die Wolke ist weitergezogen.

Silas lässt die Stange fallen, die daraufhin klirrend die Rampe hinunterrollt.

„Alter!“, sagt Robin überrascht. „Was hattest du denn vor?“

„Äh, nichts“, erwidert Silas, dem seine Furcht auf einmal lächerlich vorkommt. „Hast du die passenden Schrauben gefunden?“

Robin nickt begeistert. „Ja, das ist eine Goldgrube, ein uralter Laden, so mit grauen Pappschachteln in den Regalen. Plastik habe ich da drinnen nicht gesehen. Er hat wahrscheinlich alles, was wir brauchen. Anna, was meinst du, können wir etwas von dem gespendeten Geld ausgeben? Ich habe nicht genug Kohle mit."

Hinter Robin ist inzwischen ein älterer Herr aufgetaucht. Er trägt einen Arbeitskittel, der ihm fast bis zum Knie reicht, weil der Rücken des Trägers gebeugt ist.

„Guten Tag", grüßen Silas und Anna höflich.

„Wir müssen noch unsere Räder abschließen", erklärt das Mädchen und hantiert umständlich am Schloss. Silas bemerkt, dass ihre Hände zittern. Also hat die verlotterte, einsame Gegend nicht nur ihn eingeschüchtert.

Der Gabelstapler brettert an den Gebäuden vorbei und hupt, worauf der Mann im Kittel grüßend die Hand hebt. Zu viert betreten sie dann den Laden. Eine hohe Theke aus Holz befindet sich direkt neben der Tür. Der Mann schlurft dahinter und holt im Zeitlupentempo eine braune Papiertüte hervor.

„Können wir den Kassenzettel bekommen?", fragt Anna.

Der Mann schmunzelt. Sein faltiges Gesicht sieht aus wie bei einem betagten Gartenzwerg. „Siehst du eine Registrierkasse oder einen Computer?", will er von ihr wissen.

„Hm, nein", stellt Anna fest. „Verkaufen Sie denn Sachen an uns?"

„Natürlich."

Silas zeigt mit der Hand auf den Quittungsblock. „Sie schreiben alles auf. Zählen Sie die Beträge im Kopf zusammen, oder haben Sie einen Taschenrechner?", erkundigt er sich neugierig.

Jetzt lacht der Verkäufer laut, es klingt spröde wie knisterndes Papier. Er weist mit dem Zeigefinger auf seine Stirn. „Damit, junger Mann, bin ich doppelt so schnell wie ihr mit euren Maschinen!"

Robin will das nicht glauben. Er holt sein Handy heraus und öffnet den Taschenrechner. „Können wir das ausprobieren, wenn ich alle Sachen gefunden habe?", fragt er eifrig.

Wieder sagt der Mann hinter der Theke: „Natürlich."

Gemeinsam gehen sie durch den alten Laden. Die Luft zwischen den hohen Regalen ist staubig, aber auf dem Holzboden liegt kein noch so kleiner Papierschnitzel.

„Diese Spiralfedern aus Metall habe ich dort oben", sagt der Verkäufer.

„Soll ich die Leiter hochklettern?", bietet Silas an.

„Unsinn. Du denkst, ich bin ein klappriger Greis. Aber da hast du dich vertan."

„Ich wollte Ihnen nur helfen", murmelt Silas.

Langsam, aber ohne zu zögern, holt der Herr im Kittel mehrere kleine graue Kästen herunter. „Wenn die Federn nicht passen, kannst du sie gerne umtauschen. Von wo kommt ihr denn?" Anna gibt Auskunft, woraufhin ihr Gegenüber die Stirn runzelt. „Von den Schiffen? Man sagt doch, da wohnen nur seltsame Gestalten", brummt er und übergibt Silas einen weiteren Karton.

„Äh, ich bin noch nicht lange dort", weicht Silas aus und kommt sich ziemlich schäbig dabei vor. „Vorher habe ich in Kolumbien gelebt."

„Hm. Und ihr?“

Anna erklärt, dass ihre Eltern Missionare sind. „Wir gehen hier auf den Schiffen zur Schule. Kommen Sie uns doch mal besuchen. Eigentlich sind wir gar nicht komisch.“

Silas grinst vor sich hin: Wie gut, dass Hubert nicht bei ihnen ist!

„Genau, wir zeigen Ihnen die reparierten Kickertische. Wir wollen ein Turnier starten“, erzählt Robin begeistert. In der Ecke stehen stabile Eisenrohre, und Silas vermutet, dass er von diesen Exemplaren ebenfalls eines mitnehmen will.

„Kommen viele Kunden hierher?“, erkundigt sich Silas, während er die Leiter wegstellt. Fast hofft er, wieder dieses selbstverständliche „Natürlich“ zu hören.

Dieses Mal schüttelt der Verkäufer jedoch den Kopf. „Früher, als die Eisenbahn noch die Büros und die Werkstatt geöffnet hatte, war eine Menge los. Aber die haben ihren Betrieb vor Jahren dichtgemacht. Am Bahnhof halten nur noch wenige Züge an, und die Gebäude ringsum verfallen allmählich. Ich werde mein Geschäft bald schließen müssen. Man sagt, dass ein großer Finanzmann das Gelände kaufen und alles abreißen lassen will. Was mache ich dann den ganzen Tag?“

Verblüfft sagt Silas: „Ich habe mal gehört, dass in alten Industrieanlagen der Boden häufig mit Schadstoffen verseucht ist. Wer will denn hier im Niemandsland etwas Neues bauen?“

„Man kann die Erde abtragen. Das kostet natürlich eine Stange Geld. Vielleicht werden die Häuser auch verpachtet. Einige gewichtige Leute wollen etwas davon gehört haben. Das glaube ich allerdings nicht.“

Der ältere Herr führt sie durch das Labyrinth der Regale zurück zur Ladentheke. Dann sucht er die gewünschte Anzahl der Ersatzteile aus den jeweiligen Kartons heraus und überlegt einen Moment. „Ihr braucht die Sachen für einen Kicker, sagt ihr?“, hakt er nach und holt einen Schlüsselbund aus einer Schublade. „Kommt mal mit.“

Eine große Schiebetür wird geöffnet, und sie stehen im Lager. Nachdem sie eine Halle mit einer hohen Decke durchquert haben, kommt ein weiterer Schlüssel aus dem rostigen Sortiment zum Einsatz.

Und hier beginnt die Unordnung: Abgeschlagene Kacheln liegen auf dem Boden, halb blinde Spiegel hängen schief an der Wand, die Waschbecken sind zertrümmert, genauso wie einige schmutzige Toilettenschüsseln.

„Mannomann!“, murmelt Robin.

„Wir sind gleich da“, tröstet der Mann.

Anna zögert. Sie will fort.

„Sind Sie Herr Bodo Lehmann persönlich?“, möchte Silas wissen, weil er sich an das Schild über der Ladentür erinnert.

Und jetzt bekommt er wieder das „Natürlich“ zur Antwort.

Sie erreichen einen Raum, in dem jede Menge ausgemusterter Möbelstücke stehen: uralte Sessel ohne Lehne, Hocker mit nur drei Beinen, ein Ofen, ein Ding, das wie ein Moped aus dem Museum ausschaut, defekte Lampen … Und ganz hinten liegen die Reste eines zusammengebrochenen Kickers.

Robin hebt eine Stange mit Kickerfiguren auf.

„Die sind ja aus Holz!“, staunt Anna.

„Wenn ihr möchtet, könnt ihr alle Teile mitnehmen“, erlaubt der Mann im grauen Kittel.

„Auf jeden Fall! Super, vielen, vielen Dank!“, jubelt Robin begeistert und wühlt bereits im Gerümpel. Triumphierend hält er einen kleinen Ball aus braunem Kork in die Luft.

„Aber wir können das alles schlecht transportieren. Wir müssen mit einem Fahrradanhänger oder so wiederkommen“, überlegt Anna stirnrunzelnd.

„Ihr wohnt auf den Schiffen, sagtet ihr“, meint Herr Lehmann und wischt seine Finger am Kittel ab. „Morgen habe ich dort in der Nähe zu tun. Ich könnte euch die Sachen bringen.“

Die drei schauen sich erfreut an. „Die Kleinteile packen wir in unsere Rucksäcke, aber die Beine und das Filzbrett müssen wir hierlassen. Sollen wir die Sachen schon in Ihren Wagen laden?“ Silas blickt den Ladenbesitzer fragend an.

Gemeinsam schleppen sie die Bestandteile des lädierten Kickertisches zu einem betagten Laster und legen sie vorsichtig auf die Ladefläche. Silas befürchtet beinahe, das Fahrzeug könnte unter der Last zusammenbrechen, so antiquiert wirkt der Wagen.

Und dann rechnen Herr Lehmann und Robin an der Theke die Preise um die Wette zusammen. Silas ist nicht überrascht, dass der ältere Herr Robin um Längen schlägt.

Das Ergebnis ist das gleiche, und Anna bezahlt den fälligen Betrag. Die handgeschriebene Quittung auf dem gelblichen Papier steckt sie fein säuberlich ein.

Silas gefällt das Logo der Eisenwarenhandlung. Es sieht uralt aus. „Bis morgen dann, Herr Lehmann.“

„Ich komme wahrscheinlich gegen 11 Uhr“, sagt der.

„Oh, da sind wir noch in unserem Gottesdienst. Aber kommen Sie trotzdem ruhig schon an Bord. Sie hören uns bestimmt von Weitem“, lacht Anna. „Wir können ziemlich gut singen. Und unsere Band rockt das Haus!“

Beladen mit den schweren Rucksäcken machen sie sich auf den Rückweg. „Puh, es ist spät. Wir müssen ordentlich in die Pedale treten. Hoffentlich ist noch etwas zu essen für uns da“, stöhnt Robin nach einem Blick auf die Uhr.

Silas blickt kurz zurück. „Wo habe ich nur diese Häuser schon gesehen? Das ist echt seltsam. Haben die irgendwo Zwillingsbrüder?“

16. Silas im Radio

Rut hat den Reportern von Radio Ruhest☺rung wirklich drei Portionen verwahrt und ein Tablett mit leckeren Sachen zusammengestellt. Weil Hubert bisher nicht an Bord ist, adoptiert Robin dessen Portion.

„Nichts wie auf die Brücke!“, drängelt Anna nach dem Essen, und Silas folgt ihr sofort. Die Rucksäcke haben sie im Bootshaus abgestellt, wo Robin gleich mit der Reparatur beginnen will. Die beiden defekten Kickertische von der „Lotse“ stehen bereits an der Werkbank in Wartestellung.

„Hi, Hamster!“, zischt Laura, als Silas an ihr vorbeigeht.

Silas reagiert nicht auf die Beleidigung. Weh tut sie trotzdem.

Anna fegt Toms Hinterlassenschaften am Mischpult zur Seite: Papier und Bleistift, eine Sportzeitung und „Beats und Bands“ segeln auf den Boden. Dann macht sie einen kurzen Technik-Check. Obwohl sie in Eile ist, nutzt sie die Gelegenheit für kurze Erklärungen und gibt Silas kleinere Aufträge.

Etwas außer Atem spricht sie schließlich die ersten Sätze ins Mikrofon und spielt Musik ein. „So, jetzt haben wir ein bisschen Zeit. Du kannst die nächsten Titel heraussuchen. Danach berichtest du von dem geplanten Kickerturnier. Anschließend kommt Musik, und wir plaudern über den Vormittag im Städtchen“, schlägt sie seelenruhig vor.

Silas wird ein bisschen übel. Er weiß nicht, ob er locker quatschen kann, ohne sich zu versprechen. „Ich versuch’s“, schlägt er dennoch vor und angelt sich den Kopfhörer.

Mit geschlossenen Augen legt er los: „Hi, Leute, Radio Ruhest☺rung gibt ein neues Projekt bekannt."

Begeistert erzählt er nun vom Kickern. „Anmeldungen mit eurem Mannschaftsnamen bei Leon von der „Senfkorn". Demnächst stehen zusätzliche Kickertische für Trainingsspiele zur Verfügung. Danke an Robin und das Team der Fahrradwerkstatt!"

Anna hält den Daumen hoch und findet passende Fußballmusik. Gemeinsam moderieren sich die beiden durch den Nachmittag und nehmen Musikwünsche entgegen. Tom präsentiert zwischendurch aktuelle Sportergebnisse und räumt seinen Krempel weg. Er sieht bedrückt aus.

In einer Musikpause fragt Anna ihn nach dem Grund.

„Auf den Schiffen sind einige total sauer. Sie wollen nicht, dass Silas bleibt. Sie meinen, dass er die verschollenen Sachen gestohlen hat und sich jetzt einschleimt. Darum haben sie sogar das Radio abgeschaltet."

Anna explodiert. „Das kann nicht wahr sein! Wie können die so dämlich sein?"

Silas seufzt. „Seit ein paar Tagen reden viele nicht mehr mit mir. Ich weiß nicht, was ich dagegen tun kann."

„Wir finden den Dreckskerl, diesen Kleptomanen oder diese Bande. Vielleicht sind es mehrere?", schlägt Tom entschlossen vor.

Anna nickt.

„Das ist leider nicht einfach", stöhnt Silas. „Bisher sind wir trotz aller Anstrengungen nicht weitergekommen. Und heute ist wieder ein Süßigkeitenteller verschwunden. Gestern Geld und ein Handy. Rut vermisst mehrere Bündel Bananen und findet das nicht witzig."

Die drei schweigen. Jeder denkt für sich nach.

„Weißt du übrigens, dass es gar nicht so leicht ist, an dieser Schule aufgenommen zu werden? Es gibt nur ganz selten einen freien Platz. Und vielleicht sind manche neidisch, weil du einen bekommen hast und ihr Bruder, ihre Schwester oder ihr Freund nicht. Wenn sie dich fortekeln, wird der Platz unter allen Bewerbern neu verlost." Anna spielt einen weiteren Titel ein, denn sie will jetzt nicht ans Mikro. Sie kocht vor Zorn.

„Meinst du, die Diebstähle sind deshalb arrangiert worden? Das kann ich mir echt nicht vorstellen", überlegt Silas. „Viele Dinge sind abends gestohlen worden. Oder wenn Unterricht war. Vielleicht sollten wir uns unauffällig auf die Lauer legen."

Tom zeigt auf das Mischpult und die Uhr. „Ihr seid gleich durch. Denkt ihr an das Hörspiel?"

Anna schluckt betroffen. „Ne, Mist, das habe ich total verpennt." Hektisch wühlt sie in ihrem Schnellhefter mit unterschiedlichen Aufzeichnungen und drückt Silas einen Zettel in die Hand. „Fortsetzungstext: Jede Woche eine Folge. Ich spreche Jesus, du bist Petrus."

„Aha", erwidert Silas etwas verdattert. Er will Tom fragen, ob der für ihn einspringen will. Aber der hat sich mit den Worten „Ich glaube, da kommt Hubi" schleunigst verdrückt.

Anna spielt einen Jingle ein und beginnt. Als Silas auf seinen Text schaut, erkennt er die Szene, die auf die Ostergeschichte folgt – ein wichtiges Gespräch zwischen Jesus und

Petrus. An dem Abend, an dem Jesus verhaftet wurde, hat Petrus drei Mal behauptet, er würde ihn überhaupt nicht kennen. Und diese Lüge, dieser Verrat hat Petrus sicherlich die ganze Zeit gequält.

Nun ist Jesus auferstanden und sitzt mit seinen Jüngern am See Genezareth. Sie essen gemeinsam, aber der sonst so vorlaute Petrus ist äußerst schweigsam.

Fast hätte Silas vor lauter Nachdenken seinen Einsatz verpasst, doch als Anna ihm sein Stichwort gibt, liest er seinen Petrus-Text ab.

Bevor die letzte Passage beginnt, schaut Anna nur kurz auf das Blatt und spricht dann frei weiter: „Petrus, hast du mich lieb? Bin ich wichtiger für dich, wichtiger als alles auf der Welt? Magst du mich mehr als die anderen hier?"

Silas antwortet als Petrus: „Klar, du weißt doch, wer ich bin und was ich denke. Du weißt, dass ich dich lieb habe."

„Dann kümmere dich um meinen Plan und um die anderen!", sagt Jesus. Gleich darauf wiederholt er seine Frage: „Petrus, hast du mich lieb?"

„Ja, du weißt, dass ich lieb habe", erwidert Silas-Petrus. Ihm wird ein wenig mulmig.

Und wirklich: Jesus fragt ihn ein drittes Mal: „Hast du mich lieb, Petrus?"

Silas kann nicht antworten. Was soll er sagen? Drei Mal hat Petrus Jesus damals verraten. Und jetzt will Jesus genauso oft wissen, ob er weiter mit Petrus rechnen kann.

Silas wird heiß und kalt. Er denkt: „Ich kenne Jesus. Die Geschichten aus der Bibel habe ich ganz oft gehört. Aber habe ich Jesus wirklich lieb? Könnte ich das genauso ehrlich sagen wie Petrus?"

Plötzlich spürt er einen leichten Knuff am Arm: Anna hat ihn angestoßen. Er stammelt: „Ja, Jesus, das weißt du. Ich habe dich lieb." Er schnieft.

„Ich möchte, dass du anderen von mir erzählst und dich um sie kümmerst."

Was Anna danach ins Mikrofon spricht, hört Silas nicht mehr. Er ist total aufgewühlt. Als das rote Licht verlöscht, zieht er den Kopfhörer von den Ohren.

Anna klatscht seine Hand ab. „Wir waren gut. Bis auf deinen kleinen Aussetzer. Aber dadurch hat es fast noch echter gewirkt!", lobt sie. Dann verabschiedet sie sich von den Zuhörern und spielt den letzten Song ab.

„Haben wir eine Bibel hier?", murmelt Silas. Kaum hat Anna auf den Schrank gedeutet, sucht er schon das Buch heraus und schlägt es auf. Diesen Text ganz am Ende des Johannes-Evangeliums muss er unbedingt nachlesen.

In der Messe grübelt Silas immer noch über die Frage nach, die ihn vorhin beschäftigt hat. Glücklicherweise führen Tom, Hubi, Emma und Anna die Unterhaltung ohne ihn. Nach einer Weile fragt Anna leise: „Denkst du über diese Diebstahl-Serie nach?"

Silas schüttelt den Kopf. „Nein, es ist etwas anderes. Aber darüber möchte ich nicht sprechen."

Das Mädchen nickt verständnisvoll. „Ich fand die Sendung mit dir heute super. Es hat mir Spaß gemacht. Und die andere Sache wird sich irgendwie klären. Ich werde beten. Hätte mir schon früher einfallen können." Sie grinst ihn an. „Ständig passiert etwas. Hier ist so viel los wie lange nicht mehr. Da kommt man kaum zur Ruhe."

Silas bringt nur ein schlappes Nicken zustande.

Kurz darauf rennt ein Mitschüler am Tisch vorbei und zischt Silas etwas Hässliches zu.

Hubi schaut verständnislos auf. „Was will der denn?", erkundigt er sich.

Tom klärt den Chef vom Dienst auf.

Der ist fassungslos. Ohne nachzudenken, springt er auf den Tisch: „Hört mal zu, ihr Pappnasen. Wenn noch einer Silas beleidigt, bekommt er es mit mir zu tun. Wo sind wir denn? Anstatt uns gegenseitig zu beschuldigen, sollten wir lieber zusehen, dass wir dem Phantom-Unsinn ein Ende machen!"

Hubert stampft mit dem Fuß auf. Er erwischt einen Teller, der knirschend zerbricht. „Also, bevor der Jungenfilm gleich startet, teile ich Wachen ein! Jeder meldet sich bei mir", befiehlt er.

Keiner wagt es, ihm zu widersprechen.

Nachdem Hubi sein behelfsmäßiges Podest wieder verlassen hat, klopft er Silas auf die Schulter. „Warum hast du mir nichts davon erzählt? Ich hätte dir doch geholfen!"

Silas verschluckt sich fast und denkt an all die Situationen, in denen Hubert ihn sitzen gelassen hat. Aber wahrscheinlich hat er das nicht einmal gemerkt.

Auch in diesem Moment wartet Hubert nicht auf eine Antwort. Er stiefelt ins Wohnzimmer, um das Kommando zu übernehmen.

Tom starrt ihm mit offenem Mund hinterher.

„Was hat der heute Nachmittag bloß im Städtchen gemacht?“, fragt Anna. „Und wo steckt eigentlich Robin?“

„Gehen wir ins Bootshaus“, schlägt Silas vor. Dort treffen sie Robin an, der hingebungsvoll die Holzfiguren anmalt, die sie von Herrn Lehmann bekommen haben. Die eine Mannschaft hat grüne Trikots, die zweite blaue wie die Lotsen. Auf den Rücken der grünen Spieler hat Robin das Emblem der „Senfkorn“ gezeichnet.

„Toll!“, lobt Anna begeistert.

„Ich wusste gar nicht, dass du so super malen kannst! Zeichnest du auch die Bandenwerbung?“, fragt Silas.

„Nein, die macht Leon mit dem Computer. Er hat die Logos und die Namen der Geschäfte, die etwas für uns spenden, eingescannt und bearbeitet. Sie sehen total echt aus“, berichtet Robin, während er konzentriert mit dem Pinsel den letzten Kreis um einen Senfbaum zieht.

Die beiden alten Kickertische sind dank der Ersatzteile schon wieder voll funktionstüchtig und wirken durch die aufgeklebte Bandenwerbung noch professioneller. Tom und Robin tragen einen auf die „Senfkorn“, Anna und Silas nehmen den zweiten.

Bald sitzt Hubert allein im Wohnzimmer. Seine Mitschüler umringen die Kickertische, bilden Teams und feilen an Taktiken.

„Wir hätten einen im Bootshaus stehen lassen sollen“, meint Robin. „Dann hätten wir heimlich trainieren können und müssten nicht so lange auf einen Platz warten.“

„Gleiches Recht für alle!“, mault Emma und versenkt einen Ball im Tor.

„Es gibt welche, die spielen wirklich ausgefuchst. Sofie könnte eine große Herausforderung für das Team Rosi werden“, schätzt Silas das Geschehen ein.

„Ich hau mich in meine Koje, um vor der Wache eine Mütze Schlaf zu nehmen“, verabschiedet er sich dann. Er ist sogar zu müde, um mit Lukas zu skypen oder sich weitere Gedanken zu machen. „Warum sind die Tage so schnell vorbei?“, schießt ihm noch durch den Kopf, bevor er einschläft.

17. Silas wird gefilzt

Mitten in der Nacht ist Silas an der Reihe, seinen Wachdienst auf der Brücke anzutreten.

„Hin und wieder schleichst du an der Reling entlang, um nach verdächtigen Dingen Ausschau zu halten. Aber von hier oben sieht man ohnehin eine Menge. Ich hau mich in die Koje. Später kontrolliere ich die Wachposten. Also pass schön auf!“, warnt der Chef vom Dienst und verschwindet lautlos.

Silas gähnt zur Antwort und macht eine erste Runde. Das Wasser in der Bucht ist ruhig, und Silas bemüht sich, ebenfalls kein Geräusch zu verursachen. Schließlich hockt er sich hin und holt sein Handy heraus. Doch sein Bruder antwortet nicht auf seine Nachrichten.

Weil er so konzentriert auf sein Display starrt, entgeht ihm, dass ein dunkler Schatten über das Schiff huscht und leise hinter einer Tür verschwindet.

Als Silas’ Ablösung kommt, kann er kaum noch die Augen offenhalten. „War nichts los“, flüstert er Tom zu und freut sich auf die Koje. Ohne die Kleidung zu wechseln, kriecht er unter die Decke.

Am nächsten Morgen wird er früh wach. Er lauscht auf die Geräusche, die von draußen in seine Kabine dringen. Irgendetwas treibt ihn dazu, rasch aufzustehen und zur Brücke zu laufen. Wird er womöglich jetzt gleich das geheimnisvolle Phantom, das alles mitnimmt, was nicht niet- und nagelfest ist, enttarnen?

Blitzschnell holt Silas die Prismentüte, die neben dem Steuerrad liegt, und sucht systematisch die Umgebung ab. Doch es ist nichts Verdächtiges zu erkennen.

Als er ein kaum wahrnehmbares Klappern hört, kann er das Geräusch sofort einordnen: Es kommt von der Landungsbrücke am Ausgang.

Augenblicklich schwenkt er das Fernglas dorthin: Huberts gestreifter Pullover schleicht zum Ufer.

„Habe ich mich gestern vertan? Werd ich blöd? Das ist ein Mädchen!“, staunt er. „Ich hätte meine Eisportion verwettet, dass gestern ein Junge mit dunklen Haaren diesen hässlichen Pulli getragen hat und vor mir weggelaufen ist.“

Verwirrt beobachtet er, wie das Mädchen zum Schuppen läuft, in dem auch die Fahrräder untergebracht sind. Es huscht zur Rückseite und ist verschwunden.

Silas wartet einen Moment, dann rennt auch er los. „Die kaufe ich mir. Ich will wissen, wer sie ist und was sie hier macht!“

Er kommt genau ein Deck weit, bevor er unsanft gestoppt wird: Ein Fuß schiebt sich heimtückisch aus einem Versteck, und Silas segelt durch die Luft. Bäuchlings landet er auf den Planken. Sein Handy rutscht aus der Hosentasche und schlittert über den Boden.

„Ha, wir haben dich. Du bist das Phantom. Oder warum schleichst du zu dieser Uhrzeit über das Schiff?“, fragt ein Mädchen unfreundlich. Eine Traube grimmiger Lotsen umringt ihn, als er mühsam aufsteht.

„Los, leer deine Taschen aus. Du hast bestimmt etwas gestohlen.“

In Silas' Kopf arbeitet es auf Hochtouren. „Wenn ich denen etwas von meinen Beobachtungen erzähle, glauben sie mir ohnehin nicht. Sie werden denken, dass ich sie auf eine falsche Spur lenken will, um unschuldig dazustehen. Ich sage nichts von dem Mädchen", nimmt er sich vor.

„Ihr spinnt! Ich bin kein Phantom." Widerwillig leert Silas die Taschen seiner Trainingshose aus. Wie ist die Büroklammer dort hineingekommen? Und das Kaugummi hat auch schon bessere Zeiten gesehen.

„Das Handy gehört mir!", erklärt er, als ein Lotse es aufhebt und intensiv mustert. „Warum habe ich das Mädchen in Hubis Pullover nicht fotografiert? Das wäre der Beweis gewesen", ärgert er sich im Stillen.

Jemand zieht sein Shirt nach oben, doch auch am Bauch verbirgt Silas kein Diebesgut. Schließlich lassen die anderen enttäuscht von ihm ab.

Einer baut sich mit in die Hüften gestemmten Händen vor ihm auf. „Du hast ein Lager. Du wolltest dorthin gehen. Gib es zu!", verlangt er.

„Gar nichts habe ich oder gebe ich zu. Es gibt nämlich nichts zuzugeben. Ich suche dieses Phantom, genau wie ihr. Deshalb bin ich so früh aufgestanden", sagt Silas und bemüht sich, ruhig zu bleiben. Sein Knie tut vom Sturz weh.

„Wir durchsuchen seine Kabine", bestimmt Laura, die plötzlich aufgetaucht ist. Sofort stürmen ein paar Schüler los.

Silas will protestieren, da entdeckt er etwas an Lauras Handgelenk. „Dein Armreif ist wieder aufgetaucht?", fragt er das Mädchen spöttisch.

Laura zischt: „Ja, denn damit können Jungs nichts anfangen. Du hast ihn zurückgebracht, weil die Lage zu brenzlig wurde. Mit mir legt sich keiner an!"

„Ich hätte ihn verschenken oder verkaufen können, wenn ich der Dieb wäre. Aber anscheinend bist du nur eine unordentliche Ziege. Anstatt dich vernünftig um deine Sachen zu kümmern und sie zu suchen, beschuldigst du lieber andere! Vielleicht bist *du* das Phantom und lenkst durch deinen fiesen Aufstand von deiner Diebestour ab", schreit Silas sie an.

Empört will Laura sich auf Silas stürzen. Doch der hat damit gerechnet und wehrt den Angriff ab.

Unvermittelt sprintet er dann los: Er will wissen, ob seine Kabine noch steht.

Aber er hätte sich keine Sorgen zu machen brauchen. Als er ankommt, sieht er, dass Hubert seinen Mitschülern einen Vortrag hält, der sich gewaschen hat.

Mit hängenden Köpfen räumen sie daraufhin die verursachte Unordnung auf. Einer entschuldigt sich bei Silas, während die anderen stumm davontrotten. Sie scheinen nicht von Silas' Unschuld überzeugt zu sein.

Der wirft sich auf das Sofa und kickt die Turnschuhe von den Füßen.

„Da müssen die Dumpfbacken schon früher aufstehen, wenn sie in meiner Nachbarkabine randalieren wollen", knurrt Hubert und verzieht sich ins Badezimmer. Gleich darauf hört Silas das Wasser in der Dusche laufen.

Silas' Stimmung bleibt in der Bilge, wie Anna es einmal genannt hat. Selbst das leckere Frühstück und der peppige

Gottesdienst wenig später können ihn nicht aufheitern. Einige Schüler sprechen wieder mit ihm, andere nicht. Silas fühlt sich unerwünscht und zu Unrecht beschuldigt.

Aber er muss zugeben, dass Anna recht gehabt hat: Tatütata hinter dem Schlagzeug lässt die Sticks genau im richtigen Tempo aneinanderklicken. Es klingt toll, als die Band losrockt.

Irgendwann fällt Silas auf, dass der Besitzer der Eisenwarenhandlung, Bodo Lehmann, hinten im Raum sitzt. Heute trägt er keinen Kittel, sondern einen braunen Anzug mit Krawatte.

Silas springt auf und arbeitet sich durch die übrigen Schüler zu dem Gast vor. Er kommt zeitgleich mit Hubi dort an.

„Guten Morgen, ich bin Hubert. Kann ich Ihnen helfen?“, sprudelt der Radiochef hervor.

Doch Herr Lehmann weist mit seiner Hand auf Silas.

„Er will uns etwas bringen“, schreit Silas, um den Schlagzeugsound zu übertönen.

„Ich habe Zeit“, erklärt Herr Lehmann und macht keine Anstalten, den Gottesdienst zu verlassen. Erst nach dem letzten Gebet steht er auf. Robin und Silas folgen ihm, und Anna gesellt sich ebenfalls dazu.

„Hat es Ihnen bei uns im Gottesdienst gefallen?“, will sie wissen.

„Natürlich“, sagt Herr Lehmann. „Bekomme ich eine Schiffsführung?“

„Natürlich!“, antworten Silas, Robin und Anna im Chor, und alle vier lachen los.

Herr Lehmann ist von dem Rundgang begeistert: „Eine Schule auf zwei Schiffen, phänomenal. Mit Rettungsbooten, einem Steuerrad und einer echten Kombüse."

„Erst lag nur die ‚Lotse' in der Bucht. Das Schiff wurde aber schnell zu klein, sodass die MS Senfkorn dazukam. Leider haben wir schon wieder zu wenig Platz", erklärt Anna, während sie ans Ufer und zum Lieferwagen der Eisenwarenhandlung marschieren.

Sie tragen die Einzelteile des alten Kickers ins Bootshaus, und Robin führt stolz die Fahrradwerkstatt vor.

„Wenn ihr wieder Ersatzteile braucht, kommt vorbei. Ich würde mich freuen!", verabschiedet sich Herr Lehmann nach dem Mittagessen, zu dem ihn Herr Feuerbach eingeladen hat. Dann braust er in seinem antiken Wagen davon.

Seine drei neuen Freunde winken ihm eifrig hinterher. Sie bemerken nicht, dass Hubi ihnen böse Blicke zuwirft und ärgerlich mit seiner Faust gegen einen Rettungsring schlägt. Und zwei weitere Augenpaare, die argwöhnisch zu Schlitzen verzogen sind, entgehen ihnen ebenfalls.

18. Nächtliche Entdeckung

Irgendwie scheint die Brücke mit Radio Ruhest☺rung Silas' neue Heimat zu sein: Er verbringt hier mehr Zeit als in seiner Kabine oder im Unterricht.

Gemeinsam mit Anna macht er am Sonntagnachmittag das Mischpult und die Kopfhörer startklar. Gleich senden sie offiziell und nicht nur in der Schule!

Silas muss zugeben, dass er ziemlich nervös ist. Vielleicht werden sogar seine Eltern in Kolumbien zuhören!

Anna geht die Checkliste höchst konzentriert durch, aber Hubi scheint neben sich zu stehen. Anstatt sich um die Sendung zu kümmern, hat er seine Nase in einem Mathebuch vergraben.

„So ein Dreck", murmelt er immer wieder. „Ich kapier das nicht! Ich bin verloren. Ich kann direkt über die Planke gehen!" Hubis Finger blättern hektisch die Seiten um. „Da steht auch nichts. Anna, du musst mir helfen." Das Mädchen beachtet ihn jedoch gar nicht.

„Was ist denn los?", fragt Silas.

„Ich habe festgestellt, dass wir nur noch 14 Tage bis zur nächsten Mathearbeit haben. Das Lernpensum schaffe ich nie. Und verstanden habe ich das Thema auch nicht. So ein Dreck, Dreck, Dreck", stöhnt Hubert theatralisch.

Silas staunt. „Ich habe mich gewiss verhört, oder? Sagtest du, in zwei Wochen? Und da schiebst du jetzt schon Panik? Das ist nicht dein Ernst. Was soll ich denn da sagen? Ich kapiere keine einzige Aufgabe, seit ich hier bin."

Hubert übergeht seinen Einwand, da er schon damit begonnen hat, Zahlen und Buchstaben auf einen Block zu kritzeln, um sie dann sofort wieder durchzustreichen. „Anna, ich muss pauken. Du schaffst das hier alleine, oder?“ Mit diesen Worten rollt er seinen Stuhl zurück und verschwindet.

„He, nein, Hubi, warte! Wir haben die Sonntagssendezeit weltweit.“ Frustriert bricht Anna ab.

„Spinnt der? So einen Alarm zu machen?“, meint Silas, während er Huberts Platz einnimmt. Eigentlich hätte er bis zum Interview Pause.

Anna gibt keine Antwort, denn sie hat alle Hände voll zu tun. Silas versucht, sie zu unterstützen. Doch noch fehlt ihm die Routine.

Schließlich flammt das rote Licht auf.

„Wir haben einen neuen Reporter bei Radio Ruhest☺rung. Er ist 12 Jahre alt, hat blonde Haare, graue Augen, mag Radfahren und Schwimmen. Den stellen wir euch gleich ausführlicher im Interview vor. Silas hat in Kolumbien gewohnt. Daher macht er die Begrüßung gewiss auf Spanisch“, plaudert Anna locker drauflos.

Silas wird augenblicklich heiß. Sie hat versprochen, dass es keine Überraschungen gibt, und nun das! Heftig schüttelt er den Kopf.

Doch Anna fängt nun selbst an, spanisch zu reden. In einem atemberaubenden Tempo quatscht sie los. So schnell, dass Silas nicht sicher ist, ob es richtig war.

Er muss breit grinsen und sagt nach Annas Ansage locker „Hola, Anna! Alles klar?“ auf Spanisch.

Das versteht Anna nicht. Zur Überbrückung spielt sie eine Melodie ein und wispert ihm zu: „Ich liebe fremde Sprachen. Spanisch bringe ich mir gerade selbst bei, über diese Handy-App. Aber ich habe den Verdacht, dass ein paar Nachhilfestunden bei dir super sein könnten."

Dann läuft das Interview planmäßig: Silas antwortet auf die Fragen, die er zuvor schon mit Anna durchgesprochen hat. Er erzählt ein bisschen von Kolumbien und grüßt selbstverständlich seine Eltern und seinen kleinen Bruder.

Anschließend berichten die beiden Reporter, was in dieser Woche in der Schule passiert ist. Das geheimnisvolle Phantom erwähnen sie allerdings nicht. Dass Silas in seinen ersten Tagen an Bord ständig ins Wasser gefallen ist, muss Anna leider unbedingt verraten.

Dummerweise fällt Silas nichts ein, womit er sie ein wenig ärgern könnte. Ihr gelingt einfach fast alles!

In einer Musikpause betreten Tom und Emma die Brücke. „Wo ist denn Hubi?", fragt der rothaarige Junge misstrauisch.

„Der pflegt seinen dramatischen Streberstatus", stellt Anna genervt fest.

„Nein, das ist nicht wahr. Er kann dich doch am Sonntag nicht alleine sitzen lassen!", schimpft Tom.

„Silas ist ja hier", erinnert ihn Anna.

Daraufhin sagt Tom nichts mehr, doch Emma schnaubt missbilligend.

„Wir treffen uns gleich in der Messe. Wer zuerst dort ist, hält einen Tisch frei", schlägt Anna vor, nachdem sie die Übertragung beendet hat.

Auf Silas' Handy pingt eine Nachricht. Es ist Lukas. Er schreibt: „Ich habe dich gehört. Im Radio!!! Krass! Jetzt bin ich echt neidisch, dass du auf der ‚Lotse' zur Schule gehen kannst. Nächstes Jahr komme ich auch!"

„Wenn er sich da mal nicht vertut", meint Tom, der Silas über die Schulter geschaut hat. „Die Warteliste für Neue ist endlos."

„Wir wollen ohnehin nicht noch so einen Blödbommel aus Kolumbien!", hetzt Emma leise.

Silas bleibt gelassen, weil er immer noch auf seiner Radio-Erfolgswelle schwimmt. Gleichzeitig meldet sich in seinem Innern jedoch eine leise Stimme, die Tom etwas antworten möchte.

Und plötzlich ist sie da, die Verbindung zur Warteliste: „Die Schreckschraube und das Treffen! Ich habe gar nicht mehr weiter nachgeforscht, was diese oberwichtigen Leute an Bord wollten. Aber sie haben darüber gesprochen, dass es zu wenig freie Plätze gibt."

In den nächsten Stunden ist allerdings so viel los, dass Silas keine Zeit hat, über dieses Thema nachzudenken. Tom, Emma, Hubi mit Buch, Robin und er sitzen schon in der Messe am Tisch, als Anna blass zu ihnen stößt.

„Das gespendete Geld ist weg!"

„Was?!", platzt Hubert heraus.

„Es ist aus meiner Kabine verschwunden. Komplett", haucht Anna.

„Du wolltest es Tatütata gestern Mittag sofort übergeben. Deshalb hast du mir Stress gemacht!", brüllt Hubert los.

In diesem Moment steht Herr Feuerbach auf, um das Tischgebet zu sprechen.

Hubi rastet aus. „Das kann nicht wahr sein, Anna Otto! Du musst die Kohle ersetzen!"

Der Schulleiter schickt Hubert kurzerhand vor die Tür. „Du kannst wieder hereinkommen, wenn du abgekühlt bist", erklärt er, und Hubi stampft hinaus wie eine Dampflok unter Hochdruck.

Nach dem Gebet fängt an Silas' Tisch niemand an zu essen.

„Wovon sollen wir die bestellten Dinge, also die Bälle, Pfeifen und so bezahlen?", fragt Robin leise.

Anna zuckt mit den Achseln. Sie kann die Tränen nur mühsam zurückhalten.

„Erzähl mal: Wo hattest du das Geld denn hingelegt? Und warum?", murmelt Silas.

„Ich wollte es sofort abgeben, aber Tatütata war nicht in seinem Büro, und wir haben die Sendung moderiert. Und dann kam dieses und jenes, und ich habe es total vergessen. Robin hat den Rucksack mit den Belegen auf mein Bett gelegt. Und jetzt ist da nichts mehr." Schniefend bricht Anna ab.

„Ob jemand gewusst hat, dass ihr so viel Geld gesammelt habt?", überlegt Tom laut.

„Das Phantom. Und Silas!", sagt Emma schneidend.

„Meine Fahrkarte! Sie war auch in meinem Rucksack", stöhnt Anna. „Die war so teuer. Wenn ich die nicht finde, kann ich morgen Mittag nicht in die Schweiz fahren und mich mit meinen Eltern treffen!" Jetzt weint sie wirklich.

Alle schweigen betroffen.

Am Ende der Mahlzeit, bei der keiner der Reporter etwas zu sich genommen hat, steht Herr Feuerbach auf. Er spricht davon, dass ihm das unkameradschaftliche Verhalten einiger Schüler missfällt.

„Außerdem möchte ich, dass ihr das nächtliche Herumschleichen auf den Schiffen sofort bleiben lasst. Wenn ich einen von euch erwische, wird er die ganze Woche Kombüsendienst schieben. Habe ich mich klar genug ausgedrückt? Morgen früh, wenn alle vom Wochenendurlaub zurück sind, starten wir mit einer Schulversammlung.

Noch etwas Erfreuliches: Unser Musiklehrer, Herr Kappes, hat eine E-Mail aus Venezuela geschrieben. Er hofft, dass bei Radio Ruhest☺rung auch ohne ihn nichts aus dem Ruder läuft. Er grüßt uns alle. Nächsten Monat wird er auf die Schiffe zurückkehren."

Silas hilft Anna, ihre gesamte Kabine abzusuchen. Aber die Sachen bleiben verschwunden. Gemeinsam versuchen sie, wenigstens die Spendenliste aus dem Gedächtnis aufzuschreiben.

„Wir fragen Leon. Der hat die Logos der Geschäfte eingescannt. Das wird uns weiterhelfen", schlägt Silas vor. „Hubi hat ja auf eigene Faust auch noch ein paar Sponsoren aufgetrieben. Und das Geld, das er von denen bekommen hat, müsste er noch haben. Damit können wir wenigstens ein paar Dinge bezahlen."

„Morgen müssen wir es Tatütata beichten", stöhnt Anna. „Mir graut davor." Sie ist völlig verzweifelt. „Was mache ich bloß?"

„Packen für deinen Kurztrip in die Schweiz“, meint Silas. „Wir finden bestimmt eine Lösung!“

„Du musst auf die ‚Lotse‘“, schickt Anna ihn schließlich fort. „Du weißt ja, heute ist Schlafen angesagt. Herr Feuerbach geht Streife.“

„Vielleicht fängt er das Phantom“, witzelt Silas. „Oder er geht selbst auf Diebestour.“

Für Silas’ Witz hat Anna kein Lächeln übrig. „Bis dann“, sagt sie nur und schiebt Silas hinaus.

Der hat nicht einmal Lust, mit Robin eine letzte Runde zu kickern. Es bedrückt ihn, dass Anna traurig ist. Langsam geht er hinüber auf die „Lotse“ und schaut bei Hubert vorbei.

Sein Kabinennachbar sitzt am Schreibtisch und hebt nur kurz seinen Bleistift in die Höhe, um Silas zu begrüßen. Anschließend hackt er mit genau diesem Stift rasant auf den Tasten eines Taschenrechners herum.

Silas trollt sich enttäuscht. „So geht das nicht. Ich muss Anna helfen“, denkt er und schickt ihr eine Nachricht aufs Handy. Doch er bekommt keine Antwort.

„Dann starte ich eben alleine“, murmelt er entschlossen und bereitet sich vor.

Als auf den Schiffen alles leise geworden ist, schleicht Silas aus seiner Kabine. Er trägt schwarze Kleidung. Der Pullover ist warm, denn Silas hat sich auf eine lange Nacht eingestellt.

Unbehelligt klettert er eine Metallleiter hinauf und steht im Freien. Feiner Nieselregen landet in seinem Gesicht.

Jetzt wird es allerdings kniffliger: Ein heller Lichtstrahl von der Brücke beleuchtet das gesamte Deck. Offenbar hat der

Schulleiter den Suchscheinwerfer eingeschaltet, um nächtlichen Aktionen einen Riegel vorzuschieben.

„Ich muss versuchen, den Schatten zu erreichen", überlegt Silas und rennt los. Er trägt nur Socken und kann deshalb leicht auf den Planken ausrutschen.

Patsch! Silas hat eine Pfütze übersehen. Nun hat er nasse Füße und wird auf trockenem Untergrund Abdrücke hinterlassen.

Im sicheren Schatten angelangt drückt er sich hinter ein dickes Lüftungsrohr. „Es nützt nichts. Von hier sehe ich nichts. Ich brauche einen guten Platz mit mehr Überblick. Ich muss es rechtzeitig mitkriegen, wenn Tatütata, ein anderer Lehrer oder das Phantom heranrauschen."

Der Wind bläst eine feuchte Bö übers Schiff, sodass Silas auch ohne ein Bad in der Bucht bald vollkommen durchnässt ist.

Stirnrunzelnd überlegt er, in welche Richtung er gehen soll. „Bis hoch zur Brücke schaffe ich es nicht. Das ist zu knifflig. Und dort oben sieht mich jeder. Dass Hubert uns da hat Wache schieben lassen, war ohnehin dämlich. Eine meterweite Warnung für das Phantom. Kein Wunder, dass wir es nicht geschnappt haben."

Auf einmal hört Silas Schritte und linst vorsichtig hinter dem Rohr hervor. Es ist niemand zu sehen.

Das blecherne Klappern der Verbindungsbrücke lässt seinen Blick dorthin wandern: Dort steht Herr Feuerbach und hält eine Taschenlampe in der Hand, mit der er zusätzlich die Decks ableuchtet.

„Kann er mich in diesem Versteck aufspüren?", fragt sich Silas beunruhigt.

Er sieht, wie sich der runde Lichtkegel durch den Schatten fräst. Er kommt immer näher heran. Bald fehlen nur noch ein paar Zentimeter, bis der Strahl der Taschenlampe seinen Standort erreicht haben wird.

Silas kann seine Augen nicht von dem Spot lösen und hält automatisch den Atem an.

Schließlich verharrt der Lichtkegel – und bleibt genau am Schwanenhals stehen.

Silas rührt sich nicht von der Stelle. „Tatütata kann mich unmöglich von dort unten erkennen. Nerven bewahren, Silas", redet er sich selbst Mut zu.

Gerade, als er es nicht mehr aushält, hört er Schritte auf den Planken.

„Halt, stehen bleiben!", ruft Herr Feuerbach.

Der Spot schwenkt ab, woraufhin der Unbekannte zu rennen beginnt. Dann klappert und poltert etwas, und das Knallen einer Metalltür klingt unnatürlich laut in der Nacht.

Silas' Gedanken überschlagen sich. „Am Schwanenhals kann ich nicht bleiben. Tatütata wird gleich alles absuchen." Eine Stimme der Vernunft rät ihm, zurück in seine Kabine zu gehen.

Kaum hat er diese Richtung eingeschlagen, leuchtet eine weitere Lampe auf.

Augenblicklich sprintet Silas los. „Nur weg!" Er umrundet ein paar Plastikstühle und schaut nach oben. Das Rettungsboot!

Silas erklimmt die Sprossen und hebt die Plane hoch, die die Ruderbänke vor Regenwasser schützt. Mit einer fließenden Bewegung gleitet er darunter und robbt sofort weiter nach hinten. Dabei schiebt er mit den Händen und Knien einige herumliegende Teile beiseite.

Er merkt, dass etwas Weiches an seinen Fingern klebt. Sofort riecht es süßlich. Ein runder Gegenstand rollt klappernd davon.

Atemlos bleibt Silas auf dem Bauch liegen. Er wartet nur darauf, dass jemand an das Boot klopft oder die Abdeckung anhebt. Doch alles bleibt ruhig.

Nun greift er zu seinem Handy und leuchtet vorsichtig den Innenraum des Rettungsbootes ab. Er sieht Schokolade und Bananen, von denen er versehentlich eine zerdrückt hat. Zwei Lippenstifte und ein Taschenmesser sind unter die Ruderbank gerutscht.

„Das ist der Knaller. Das Warenlager des Phantoms – ich habe es gefunden!", denkt Silas überrascht.

Allerdings sind einige Dinge, die Anna auf dem Zeichenblock notiert hat, nicht dabei. Sollte das hier frisches Diebesgut sein?

19. Was tun?

Silas' Freude über den Fund im Rettungsboot geht augenblicklich in Panik über. „Wenn mich jetzt jemand mit dem Zeug entdeckt, bin ich dran! Der wird glauben, der hochgebockte Kahn sei mein Unterschlupf. Vielleicht hat einer meine Flucht gesehen? Das kann alles nicht wahr sein!"

Silas hat keine Ahnung, was er tun soll. Aufgeregt lauscht er, doch draußen scheint alles ruhig zu sein. „Ich kann auf keinen Fall hierbleiben! Aber wenn ich rausklettere und mich jemand sieht, habe ich auch verloren. Wo ist ein Geheimgang, wenn man einen braucht?" Obwohl er in der Klemme steckt, versucht Silas, ruhig nachzudenken. Systematisch geht er alles durch, was er bisher über das Phantom weiß. Viel ist es jedoch nicht. Anscheinend kann es alles gebrauchen und nimmt bei günstigen Gelegenheiten Sachen an sich. Besonders wählerisch ist es nicht.

„Hubis Pullover", fällt Silas ein. „Und mein Ball!"

Plötzlich fügen sich die einzelnen Puzzleteilchen zusammen und ergeben ein deutliches Bild.

„Ich muss zum Bootshaus", murmelt der Junge. „Und wenn ich durchs Wasser der Bucht paddeln muss. Dort ist Lauras Keksdose geplündert worden. Und die Streifen sind mir auch dort begegnet, der Ball war in der Nähe des Schuppens unterwegs. Vielleicht finde ich im oder am Bootshaus alle übrigen verschwundenen Dinge. Warum bin ich nicht schon viel früher darauf gekommen?"

Silas zieht die Beine an und bewegt sich vorsichtig auf die Leiter zu.

In diesem Moment wackelt die Plane, und eine Hand umschließt die Kante des Rettungsbootes.

Silas rutscht beinahe ein Schrei heraus. „Jetzt ist alles zu spät. Sie haben mich. Sie werden mir nichts glauben. Ich bin dran." Die Angst schnappt nach ihm wie ein gefräßiges Krokodil.

Das Boot vibriert leicht, während dort, wo die Plane angehoben wird, ein Streifen Licht hineinfällt. Dann ist es wieder dunkel. Es raschelt leise. Irgendeiner steckt mit im Kahn.

Schnell reißt Silas sein Handy hoch und betätigt die Taschenlampen-Funktion. Dabei kneift er die Augen zusammen, um nicht selbst geblendet zu werden.

Im Bug liegt jemand, der schützend seinen Arm vors Gesicht nimmt. Silas wirft sich auf den Neuankömmling. „Wer bist du? Warum hast du uns die Sachen geklaut?", zischt er.

Der andere wehrt sich, und das Rettungsboot beginnt, leicht zu schaukeln. Als Silas mit seinem Handy versehentlich gegen die Bootswand stößt, erklingt ein verräterischer Ton.

„Lass mich los! Ich verstecke mich nur", flüstert der Eindringling. Silas kennt die Stimme nicht. Gehört sie womöglich einem der Senfkörner? Während er nachdenkt, ist er kurz abgelenkt.

Das nutzt der andere aus und schlägt um sich. Wieder poltert es im Kahn.

Jetzt reicht es Silas. Er setzt sich kurzerhand auf seinen Gegner und leuchtet ihm ins Gesicht: Es ist der Junge mit den dunklen Haaren, den Silas im Städtchen gesehen hat. Hubis Pullover trägt er heute allerdings nicht.

„Die Streifen sind wohl zu auffällig bei einer Diebestour, oder was?", stößt Silas zwischen den Zähnen hervor.

„Pass auf, die werden uns beide erwischen. Da draußen schleichen Erwachsene herum!“, jammert der andere.

„Das ist mir egal. Ich schreie laut, und dann bist du dran, du Gangster“, sagt Silas nicht sonderlich leise.

Der andere beginnt zu zittern. „Verrate uns nicht!“, flüstert er.

Vor Überraschung ist Silas einen Moment sprachlos. „Uns?!“, wispert er danach verblüfft.

„Meine Schwester Pia und ich. Hör mal, ich kriege keine Luft. Du bist schwer!“

Silas ist ratlos. Was soll er tun? Lässt er den Jungen los, wird der vermutlich abhauen. Silas wünscht, er hätte Unterstützung. Doch er ist allein. Schließlich geht er auf volles Risiko und gibt den anderen frei.

Der dunkelhaarige Junge bleibt schwer atmend liegen. „Ich wusste, dass wir irgendwann geschnappt werden. Ich wollte weiter, aber Pia nicht. Sie hat behauptet, dass wir hier nicht auffallen würden.“

Silas hat eine Menge Fragen. „Wie heißt du?“, stellt er die erste.

„Mattis“, bekommt er zur Antwort. „Pia hat Ärger mit unseren Eltern. Sie soll in ein Internat. Da sind wir abgehauen“, erzählt Mattis.

Zwar kann Silas gut nachvollziehen, dass man nicht in ein Internat gesteckt werden möchte. Aber irgendwo hört der Spaß auf, sagt er sich und schaut Mattis wütend an.

„Ja, es war blöd, euch die Sachen wegzunehmen. Erst wollten wir nur etwas zu essen und zu trinken klauen. Und dann war uns kalt, unsere Klamotten waren dreckig, und da haben wir uns eben bei euch bedient“, sagt Mattis leise.

Silas ist echt sauer. Wegen dieser beiden Ausreißer hat er hier so viele Scherereien bekommen.

„Bitte verrate uns nicht. Wir verschwinden bald, ehrlich!"

„Ja, schließlich will Pia nicht ins Internat", spottet Silas.

Mattis knetet unbehaglich die Zipfel des viel zu großen Hemdes. Wem es wohl gehört?

Plötzlich spürt Silas ein Kitzeln in der Nase. „Nicht niesen, auf keinen Fall niesen!", stöhnt er und presst die Nase in die Ellenbeuge.

Mattis hält mit die Luft an und schaut gehetzt um sich. Der Ärmel dämpft das Geräusch, dennoch war es da. Die beiden Jungen wagen es nicht, den kleinsten Muskel zu rühren.

„Da sind noch immer Schüler unterwegs!", hören sie Tatütata zornig schimpfen. Wie erstarrt warten sie ab. Einmal schabt etwas außen am Rettungsboot entlang. Danach ist alles ruhig.

Die Jungen grinsen sich erleichtert an.

„Hilfst du uns? Bitte, wir können nicht zu unseren Eltern. Die sind so sauer auf uns", sagt Mattis unvermittelt, und es klingt verzweifelt.

Silas schüttelt erschrocken den Kopf. „Das kann ich nicht."

Mattis sieht fürchterlich enttäuscht und einsam aus. Und Silas weiß genau, wie scheußlich sich das anfühlt.

„Schlaft ihr im Bootshaus?", wispert er. „Ich habe da ab und zu etwas gesehen."

„Meistens", bestätigt Mattis. „Du bist der, der die Zeitschriften gefunden hat, die Pia blöderweise im Park vergessen hat, stimmt's?"

„Ja. Pass auf: Ich sage keinem, dass ich dich getroffen habe. Dafür müsst ihr den dunkelblauen Rucksack zurückgeben. Da ist eine Fahrkarte drin, die Anna unbedingt braucht!“

Mattis nickt zögernd.

Auch Silas ist sich plötzlich wieder unschlüssig. Der Regen trommelt ein lautes, unheimliches Konzert auf die Plane über ihnen. Gut, dass sie im Rettungsboot trocken sitzen können. Aber was ist, wenn Pia und Mattis weiterziehen? Dabei kann ihnen alles Mögliche passieren. In der Schule bei den Schiffen sind sie zumindest in Sicherheit. Und wo wollen sie überhaupt hin?

Silas schaut Mattis besorgt an. „Hör mal: Bleibt lieber im Bootshaus. Ich werde schauen, dass ich euch immer wieder etwas zu essen bringe. Aber ihr dürft keine Sachen mehr wegnehmen, okay? Das muss jetzt aufhören!“

Mattis nickt etwas beschämt. „Danke, du bist ein echter Freund“, meint er, während er hastig die herumliegenden Dinge zusammenrafft.

Silas lupft die Plane und schaut über das Deck. Der Scheinwerfer ist erloschen. Darum kann er Mattis’ Schatten nur erahnen, der nun dicht an der Wand über die Holzplanken huscht.

Nach ein paar Minuten verlässt auch Silas das Versteck. Er ist völlig durchgefroren und bewegt sich eckig vorwärts. Seine kalten Finger schaffen es kaum, die Klinke der Tür, die ins Innere des Schiffes führt, herunterzudrücken. Die Flurbeleuchtung ist gedimmt, es muss also richtig spät sein.

Silas geht langsamer, um nicht zu stolpern, und blinzelt misstrauisch in den nächsten Gang. Niemand da.

Gerade, als er vor seiner Kabine steht, hört er jemanden näher kommen und spürt gleich darauf, wie sich eine Hand auf seine Schulter legt. „Silas, fast jedes Mal, wenn ich dich sehe, bist du tropfnass!“ Herr Feuerbach schaut ihn vorwurfsvoll an.

„Dieses Mal lag es am Regen“, murmelt der Junge betreten. Jetzt erst merkt er, dass er vor Kälte zittert.

„Oder eher daran, dass du nicht in deiner Koje liegst!“ Die Stimme des Schulleiters klingt eisig.

„Es tut mir leid“, will Silas sagen. Aber das stimmt nicht. Er hat das Phantom auf frischer Tat ertappt. Leider bringt ihm das bei Tatütata keinen Vorteil.

„Du gehst sofort in deine Koje, Silas. Und ab morgen hast du eine Woche Spüldienst in der Kombüse“, verabschiedet sich Herr Feuerbach von dem Jungen. Der stöhnt leise. Doch er muss zugeben, dass der Schulleiter im Recht ist, denn er hat diese Strafe schon im Voraus angekündigt.

Eine viel zu kurze Nachtruhe und ein müdes Frühstück später trifft Silas in der Kombüse ein. Dort wartet zu seiner Verblüffung die gesamte Truppe von Radio Ruhest☺rung. Nur Hubi fehlt, dafür ist Robin ebenfalls mit einem Geschirrtuch bewaffnet. „Ihr wart auch unterwegs, und Tatütata hat euch geschnappt“, murmelt Silas matt.

„Ich dachte, wir finden das Geld wieder“, begründet Robin seine nächtliche Suchaktion.

Die anderen nicken und gähnen. Alle sind ziemlich kleinlaut. Anna druckst nervös herum und sagt gar nichts. Schließlich gibt sie sich einen Ruck: „Eigentlich mag ich euch nicht alleinlassen. Aber …“

Fragend schauen die Übrigen sie an.

„Also …“ Anna bricht ab und sprudelt dann hervor: „Stellt euch vor, meine Fahrkarte ist aufgetaucht. Sie lag heute Morgen im Gang. Gegenüber von meiner Kabinentür, eingeklemmt in die Fußleiste. Wie ist sie da bloß hingekommen?“

„Vielleicht hat das Phantom sie beim Raub verloren?“, schlägt Emma vor.

„Dann hätten wir das Ticket gestern Abend bei unserer Suche gefunden“, behauptet Anna.

Silas schweigt. Er will sich nicht verraten. Stattdessen schnappt er einen Stapel Teller und trägt ihn zum Schrank.

„Wir bekommen ein Problem mit Radio Ruhest☺rung. Wenn wir alle Küchendienst schieben, wird die Sendezeit nicht funktionieren“, sagt Tom.

„Eine Woche kein Radio?! Dann sind wir doppelt bestraft!“, kommentiert Silas verärgert.

„Hubi muss alles alleine machen“, kichert Emma.

„Der klebt an seinen Büchern und karierten Heften fest. Mit dem ist erst etwas anzufangen, wenn die Mathearbeit geschrieben worden ist“, erklärt Tom resigniert.

„Wir reden mit Tatütata“, beschließt Anna.

In der kurz danach stattfindenden Schulversammlung versucht Silas hektisch, seine Wochenend-Hausaufgaben zu erledigen. Doch der Plan geht schief. Der Schulleiter kassiert die Blätter ein und rauscht nach der Veranstaltung schlecht gelaunt aus dem Raum.

Auch später haben die Reporter von Ruhest☺rung keine Gelegenheit, ihn zu sprechen. Angeblich hat er wichtige Termine.

Rut fährt Anna zum Bahnhof und bringt auf dem Rückweg die Schreckschraube in Begleitung einer fremden Frau mit. Die trägt eine schwarze Ledermappe unter dem Arm. Der Schriftzug „Makler für Sie“ ist in goldenen Buchstaben ins Leder gestanzt.

Silas würde zu gern wissen, was die beiden Damen mit Tatütata zu besprechen haben. Leider muss er in den Unterricht, anschließend zum Essen, dann in die Kombüse und kann erst danach wieder durchatmen.

„Ich habe ein bisschen Geld zusammengekratzt. Wir brauchen für den Holzkicker von Herrn Lehmann ein paar Sachen“, erklärt Robin.

Passend zur Laune der meisten Schiffsbewohner ist das Wetter eklig: Es regnet und stürmt. Das Wasser zieht Schlieren an den Scheiben, und der Wind rappelt an den Schiffen.

„Igitt“, stöhnt Silas. „Das ist kein Fahrradklima!“

Rut hat Erbarmen. Sie muss ein paar Dinge einkaufen und setzt Silas und Robin in der Nähe der Eisenwarenhandlung ab.

„Sieh mal, da wird renoviert!“ Robins Arm weist auf das graue Nachbargebäude. Die Bretter vor den Fenstern sind bereits entfernt worden. Ein kleiner Bagger rumpelt ums Haus, während Arbeiter beschäftigt durch die Pfützen rennen.

Die Ladenglocke im Geschäft von Bodo Lehmann bimmelt, und der Inhaber begrüßt die Jungen freundlich. Rasch hat er die gesuchten Dinge gefunden.

„Was ist denn nebenan los?“, will Silas wissen.

„Ein Mann hat heute Morgen erzählt, dass nächste Woche ein Ortstermin ansteht. Einige Interessenten wollen sich das Gelände und die Gebäude anschauen. Jetzt soll hier aufgeräumt werden. Meiner Meinung nach tricksen die ohne Ende. Das sind bloß halbherzige Arbeiten. Was die jetzt renovieren, hält genau drei Wochen, dann geht es wieder kaputt. Qualitätsarbeit sieht anders aus“, erklärt Herr Lehmann und rechnet den fälligen Betrag blitzschnell zusammen. „Wo ist denn das Mädchen?“

„Anna ist verreist“, gibt Silas Auskunft.

„Habt ihr keine Schule?“, fragt Herr Lehmann verwundert und knöpft den Kittel zu. Ihm scheint kalt zu sein.

Robin winkt ab. „Anna ist ein Überflieger. Die holt das locker wieder auf. Sie schreibt eine Eins nach der anderen.“

Silas seufzt ein wenig neidisch. Wenn er daran denkt, wie viel er lernen muss, wird ihm übel. Außerdem will er lieber Sachen tun, die ihm mehr Spaß machen.

„Kommen Sie zu unserem Kickerturnier, Herr Lehmann? Wir laden Sie ein!“, sagt Silas spontan.

Robin staunt, widerspricht jedoch nicht.

„Natürlich“, lächelt Herr Lehmann sein geheimnisvolles Lächeln und schiebt die braune Papiertüte über die Theke.

Gemeinsam warten Robin und Silas im Regen, bis Rut sie wieder abholt. Später helfen sie ihr, die Einkäufe in die Kombüse und in den Kühlraum zu tragen. Dabei gelingt es Silas, ein paar Lebensmittel in die Bauchtasche seines Pullis zu stopfen.

Robin schöpft zum Glück keinen Verdacht, weil er ausschließlich daran denkt, den letzten Kicker zu reparieren. Ob das so bleibt?

20. Alarmierende Neuigkeiten

Als Silas anschließend zum Bootshaus geht, schaut er sich verstohlen um. Er würde zu gerne wissen, wo sich Mattis und Pia verbergen. Doch er hört und sieht nichts von ihnen.

Mit Robin zieht er Schrauben am Kickertisch an und hilft, die Spieler einheitlich anzumalen. Allerdings ist Silas zu ungeduldig, sodass die Farbe verläuft. Robin schaut missbilligend auf Silas' Werk.

Erst, als Robin den Schuppen verlässt, um etwas aus seiner Kabine zu holen, kommt ein „Psst!" von oben.

Schnell schiebt Silas einen Hocker unter das Loch in der Decke und reicht die Verpflegung hinauf.

„Danke!", flüstert Mattis.

„Robin kommt gleich wieder", warnt Silas.

„Pia ist in die Stadt geradelt", erklärt der dunkelhaarige Junge.

„Ja, da gibt sie unser Geld aus", denkt Silas verbittert. Doch er sagt nichts dazu.

„Wir können nicht bleiben", wispert Mattis nun. Er klingt betroffen. „Ihr aber auch nicht! Keiner von euch."

„Was?! Wieso?!", zischt Silas.

„Die Schiffe werden dichtgemacht, weil sie zu klein sind. Heute ist eine Maklerin gekommen. Die vermittelt Gebäude. Ihr müsst umziehen." Mattis hat die Folie von einem Joghurtbecher gezogen und trinkt nun. „Heidelbeergeschmack, ultralecker", kommentiert er.

Silas muss diese Nachricht erst einmal verdauen. Sie sollen ihre schwimmende Schule verlassen? Und in ein stinknormales Haus ziehen? Oder wohin sonst? Was passiert mit Radio Ruhest☺rung auf der Brücke? Das geht alles gar nicht!

„Und das hast du dir nicht nur ausgedacht?“, vergewissert er sich argwöhnisch. Vielleicht klaut Mattis ja nicht nur, sondern tischt auch Lügen auf?

„Nein, ich habe es gehört, als euer Lehrer die beiden Frauen an der Landungsbrücke in Empfang genommen hat. Dort haben sie endlos lang palavert.“

„Dann muss ich unbedingt mit den anderen reden. Blöd, dass Anna nicht an Bord ist. Sie hätte gewiss eine Lösung für diese Katastrophe.“ Silas steigt mit wackeligen Beinen vom Hocker.

Keinen Augenblick zu früh: Robin ist wieder da und hat das Reinigungsbenzin in der Hand.

„Hast du das Phantom gesehen? Du bist total blass“, meint er.

„Mir ist schlecht“, stöhnt Silas. „Kommst du alleine klar? Ich muss an die frische Luft.“

Silas spürt den Regen im Gesicht und läuft los. Seine Beine tragen ihn automatisch zur Landungsbrücke, wo er grübelnd stehen bleibt. Im Wasser der Bucht verursacht jeder Regentropfen eine kleine Explosion, wohingegen die Tropfen am weißen Lack der beiden Schiffe einfach abperlen.

„Was mache ich bloß?!“, denkt Silas. „Wenn ich den anderen davon erzähle, wollen sie wissen, woher ich die Infos habe. Aber ich kann Mattis nicht verraten. Und ohne ihn wird mir keiner diese ätzenden Neuigkeiten abkaufen. Es sei denn …“

Er setzt sich wieder in Bewegung und läuft so schnell durch die Gänge, dass er unterwegs fast seine Reporterkollegin Emma umgerannt hätte. In seiner Kabine startet er sofort den Rechner.

„Jetzt ergibt dieses seltsame Treffen in Tatütatas Büro endlich einen Sinn. Die Lehrer haben klammheimlich Pläne geschmiedet. Dabei geht es um die Schule und um uns, die Schüler! Die müssen uns fragen, das geht uns alle an“, brummt Silas empört vor sich hin.

Er ruft die Fotos auf, die er mit seinem Handy in Tatütatas Büro geschossen und anschließend vergessen hat. Da ist der Terminkalender, dort sind die Dokumente. Und auf dem Bild, das er damals schnell abfotografiert hat, erkennt Silas das graue Gebäude neben Herrn Lehmanns Laden wieder. Die ungemütliche Gegend und die Schienen im Hintergrund hat man geschickt fortretuschiert.

Als er die Tonaufnahme abspielt, die er auf seinem Horchposten in der Truhe gemacht hat, wird er jedoch nicht schlauer: Die Qualität ist zu schlecht, um neue Erkenntnisse daraus zu ziehen.

Silas steckt in einer Zwickmühle. Er muss unbedingt etwas unternehmen. Aber was? Und mit wem? Anna würde ihm glauben, doch die ist unterwegs.

Wie steht es mit Hubert? Rasch geht Silas durchs Bad in die Nachbarkabine.

„Raus! Ich brauche Ruhe zum Lernen“, brüllt ihm Hubi entgegen und wirft seinen Radiergummi, den Spitzer, Apfelbutzen und andere Dinge in Richtung des Störenfrieds.

Enttäuscht tritt Silas den Rückweg an. Hubert kann er also nicht um Hilfe bitten. Und Robin mag er nicht fragen. Der lebt ausschließlich für das Kickerturnier. Und vielleicht würde er auch seine Schwester Laura einweihen. „Das muss ich unbedingt vermeiden."

Silas macht sich auf den Weg zur Brücke. „Tom kann ich vielleicht überzeugen", schmiedet er einen neuen Plan.

Doch Emma und Tom sind beschäftigt. „Wir müssen Radio Ruhest☺rung irgendwie am Laufen halten. Silas, machst du morgen das Frühstücksradio?"

„Alleine?", stöhnt Silas. „Das schaff ich nicht!"

Tom nickt. „Also gut, dann du, Emma. Sofie hat versprochen, für dich den Kombüsendienst zu übernehmen. Rut wird uns gewiss nicht verpetzen."

Tom beugt sich über den Kartentisch. „Silas, du könntest mit dem Aufnahmegerät herumziehen. Fang die Stimmung an den Kickertischen ein. Daraus basteln wir etwas Cooles, eine Reportage über das Training für das große Turnier!"

Ehe er sich versieht, ist Silas mit der Technik und einer Schnelleinweisung ausgestattet. Widerwillig sucht er seine zukünftigen Gegenspieler auf. Dabei hat er ganz andere Sorgen!

Am nächsten Tag steht Silas wie unter Strom. Und Hubert rastet völlig aus. „Bald schreiben wir die Mathearbeit! Ich muss die Übung 7 durchgehen. Ich kann mir die Formel einfach nicht merken!" Er stöhnt pausenlos und blättert panisch in seinen Aufzeichnungen.

Unterdessen sucht Silas krampfhaft nach Lösungen für andere und größere Sorgen. Und nebenbei muss er noch für Mattis und Pia Lebensmittel besorgen.

Er trifft sich mit Mattis ein zweites Mal im Rettungsboot, während die anderen in der Messe beim Essen sitzen.

„Wir haben Hunger!", stöhnt der dunkelhaarige Ausreißer.

„Dann hätte Pia von der Kohle nicht nur Süßigkeiten und komische Klamotten kaufen sollen", schimpft Silas. Die Probleme wachsen ihm über den Kopf.

„Können wir mal eine Runde kickern?", fragt Mattis.

„Wie stellst du dir das vor? Wir spazieren ins Wohnzimmer, und ich sage: ‚Hi, das ist Mattis, wir sind jetzt dran!'?", schnauzt Silas den anderen an.

Der verstummt erschrocken.

Silas tut sein Ausbruch leid. Dennoch sagt er: „Ich muss meine Strafe in der Kombüse ableisten. Vielleicht fällt dabei für euch etwas zu essen ab. Versprechen kann ich es aber nicht. Rut wundert sich schon über meine Sammelleidenschaft."

Rasch klettert Silas aus dem Boot und zieht die Plane wieder ordentlich zurecht. „Hoffentlich hat mich niemand beobachtet", denkt er.

Jeder möchte im Moment etwas von ihm: Herr Feuerbach verlangt Hausaufgaben, Tom will Beiträge für Radio Ruhest☺rung, und Robin hätte gerne Hilfe bei den Vorbereitungen für das Turnier.

Er fühlt sich alleingelassen. Weder Hubi noch Anna oder Tom unterstützen ihn sonderlich. Und Laura hetzt weiter jeden Lotsen und jedes Senfkorn gegen Silas auf, den sie abwechselnd Phantom oder Hamster nennt.

Silas stellt sich an die Reling und schaut verzweifelt über die Bucht zum Wehr. Am liebsten würde er einmal laut schreien. Alles wird ihm zu viel. Und eine Idee, um die Schule zu retten, fehlt ihm völlig. Er fühlt sich in den Problemen wie gefangen.

„Gefängnis!“ Unvermittelt kommt Silas sein Namensvetter aus der Bibel in den Sinn. Der war zusammen mit Paulus in einem finsteren Verlies eingesperrt, weil sie von Jesus erzählt und anderen geholfen hatten.

Der Silas auf dem Schiff kennt die Geschichte aus der Apostelgeschichte gut. Sie ist unerhört spannend: Paulus und Silas mussten Prügel einstecken und wurden gefesselt. Dann hockten sie in der Dunkelheit, umgeben von Verbrechern.

Doch die beiden jammerten nicht. Stattdessen fingen sie an zu singen. Sie erzählten den anderen Gefangenen von Jesus und beteten.

Auf einmal begann der Boden unter ihren Füßen zu wackeln. Die Ketten klirrten leise, dann lauter. Staub rieselte den Gefangenen auf die Köpfe, erste Mauern stürzten ein. Und schließlich sprangen Türen auf, und die Fesseln lösten sich: Ein Erdbeben erschütterte die Gegend.

Silas, Paulus und die übrigen Gefangenen hätten ungestört hinausspazieren können, aber keiner machte den Versuch zu fliehen.

Darüber war der Gefängnisdirektor so froh und erleichtert, dass er Silas und Paulus als Gäste mit in sein Haus nahm. Sie beteten gemeinsam zu Jesus. Und am nächsten Tag wurden Silas und Paulus freigelassen. Sie konnten weiterziehen.

Silas zerrt die Kapuze seines blauen Lotsenpullis über den Kopf. Der Wind pfeift um die Schiffe und wühlt das Wasser auf. Und es regnet wieder einmal.

Nun schließt Silas seine Augen und spricht mit Jesus. Er erzählt ihm von der ausweglosen Lage und den tausend Sorgen. „Ich möchte nicht fort von hier. Wir alle brauchen die Schiffe. Und bitte hilf du Mattis und Pia. Ich weiß nicht weiter! Amen“, murmelt er.

Wann hat er es eigentlich aufgegeben, über eine mögliche Flucht nachzudenken? Silas weiß es nicht. Denn jetzt will er nur eines: mit seinen Freunden auf den Schiffen bleiben.

„Was machst du allein an der Reling? Es ist bereits Zeit zum Abendessen“, spricht ihn plötzlich Herr Feuerbach an.

Silas zuckt erschrocken zusammen. „Ich musste nachdenken“, murmelt er.

Der Schulleiter schaut sehr misstrauisch aus. „Du organisierst dir Lebensmittel für zwischendurch, für Radio Ruhest☺rung. Aber wenn du nicht dort bist, wirst du am gemeinsamen Essen teilnehmen, wie alle anderen auch, hörst du?“, ermahnt er den Jungen.

Silas merkt, dass er zornig wird. Herr Feuerbach samt seiner Geheimniskrämerei ist mit schuld an Silas’ blöder Lage. „Mattis und Pia könnten einfach auf den Schiffen bleiben, wenn wir genug Platz hätten“, hadert er mit den Umständen. „Und all das Versteckspielen und Verheimlichen hätte ein Ende. Und woher weiß Tatütata überhaupt, dass ich Essen sammle?“

Er spürt den auffordernden Blick des Schulleiters auf sich ruhen. „Ich muss wohl etwas antworten", denkt er. Leider hat er keine Ahnung, was Tatütata soeben noch hinzugefügt haben könnte.

„Wer ist denn die Schreckschraube mit dem Geodreieck im Gesicht?", platzt er heraus. Sofort wird ihm bewusst, dass das vermutlich keine gute Frage war.

„Ein bisschen mehr Höflichkeit und Respekt würden dir nicht schaden, Silas", tadelt Herr Feuerbach halbherzig.

„Aber die Beschreibung passt. Sie wissen, wen ich meine", legt Silas nach.

„Das ist Frau Müller-Schäbig. Sie kümmert sich um die Organisation und die Finanzen der Schule", erklärt der Schulleiter.

„Sie wohnt nicht hier und ist trotzdem eine Art Boss?" Silas runzelt missbilligend die Stirn. „Weiß sie überhaupt, was auf den Schiffen los ist und was für uns wichtig ist?"

Herr Feuerbach sieht nun ziemlich verblüfft aus. „Nein, davon hat sie wenig Ahnung, und es ist sehr schwer, ihr davon zu berichten. Sie hat meistens nur ihre Zahlen und Ziele im Kopf."

Einen kurzen Moment blicken beide schweigend über die Reling. „So, jetzt aber ins Trockene mit dir, Silas. Irgendwann wachsen dir sonst Schwimmhäute", verlangt der Schulleiter.

Stattdessen wächst in Silas jedoch ein neuer Plan: Vielleicht sollten sie mit Frau Müller-Schäbig sprechen und ein Interview mit ihr bei Radio Ruhest☺rung bringen?

21. Unfall am Wehr

Nach dem Essen geht Silas direkt in die Kombüse, wo Tom und Robin in einer großen Schüssel Teig anrühren. Morgen ist Freitag, und die Kuchenschlacht vor dem Wochenende steht an. Silas freut sich auf die freien Tage.

Rut drückt ihm ein Tablett in die Hand. „Trag damit die Gläser in den Unterrichtsraum 2. Eure Lehrer treffen sich zur Konferenz", erklärt sie.

„Was hecken die denn aus?", fragt Silas in gespielt scherzhaftem Ton. Vielleicht kann er aus Rut ein paar zusätzliche Informationen herausbekommen?

Doch er hört nur ein trockenes: „Da wundert man sich, nicht wahr?"

Als Silas glaubt, alle anderen wären beschäftigt, öffnet er den Kühlraum. Hastig nimmt er etwas Obst, Pudding in Bechern und ein großes Stück Käse heraus und stopft die Sachen in eine Tüte. Die stellt er unauffällig zwischen den Schränken ab.

Er trödelt mit seinen Aufgaben herum, bis er alleine in der Kombüse ist. Dann schmiert er rasch ein paar Scheiben Brot und packt sie zu seiner Beute. Zuletzt belädt er sich mit gefüllten Mülltüten und schmuggelt seinen Beutel unauffällig dazu.

Entschlossen macht er sich auf den Weg zu den Tonnen für den Biomüll, die in der Nähe der Landungsbrücke hinter einer Mauer stehen. Er entsorgt den Abfall und lässt die mit Lebensmitteln gefüllte Tüte zwischen Wand und Müllbehältern stehen.

Das ist der neue Übergabeort für Mattis und Pia. Sobald es dunkel wird, können sie sich den Plastikbeutel holen.

Doch kaum ist Silas wieder auf der MS Senfkorn verschwunden, flitzt Mattis zum Versteck. Er ist hungrig, und das lässt ihn unvorsichtig werden. Dass jemand an den Fenstern stehen und ihn beobachten könnte, beachtet er nicht.

Silas geht direkt auf die Brücke, um Tom bei Radio Ruhest☺rung zu helfen. Zu seiner Überraschung sitzt Hubi am Mikrofon und erzählt etwas zu den neuesten Hits.

„Hast du gemerkt, dass das Phantom uns keine Sachen mehr klaut? Seit Anna ihre Fahrkarte wiederbekommen hat, ist fast nichts mehr weggekommen“, wendet sich Hubert kurz darauf an Silas.

„Und ich dachte, du siehst nur Kästchen und Ziffern“, wiegelt Silas ab. Er weiß ziemlich genau, woran es liegt. Aber das wird er Hubert nicht sagen, denn er hat Mattis ein Versprechen gegeben.

Hubi zeigt seinen fischähnlichen Schmollmund. „Ich habe einen Ruf als intelligenter Held zu verteidigen. Da muss man Opfer bringen!“, tönt er und rattert eine mathematische Formel herunter, die wichtig klingen soll.

Dafür interessiert sich Silas jedoch nicht. Er setzt sich zu Hubi ans Mischpult und sucht den nächsten Titel heraus.

Ungewohnt friedlich erklärt Hubert seinem Kabinennachbarn nun neue Sachen. „Bald moderierst du selbst, Silas, und nicht nur als Hilfswilli“, stellt er in Aussicht.

„Silas ist gerne Hilfswilli. Er bringt nämlich ständig den Müll aus der Kombüse fort“, zwitschert Emma honigsüß.

Silas wird übel. Hat ausgerechnet dieses Mädchen etwas von seinen Bemühungen um Mattis und Pia mitbekommen? Glücklicherweise verschafft ihm das rote Licht über Hubert eine Denkpause, sodass er nicht sofort reagieren muss.

Und dann poltert Tom atemlos auf die Brücke. „Das glaubt ihr nicht! Habt ihr nichts mitbekommen? Da ist eine Jacht in das alte Wehr gekracht!"

Sofort springen die Reporter von Radio Ruhest☺rung auf und laufen nach draußen. Hier oben von der Brücke haben sie einen guten Überblick. Sie sehen ein schnittiges weißes Schiff, das mit dem Rumpf halb auf dem Wehr hängt. Der Lack ist zerkratzt, und ist dort nicht sogar ein Loch im Rumpf?

In unmittelbarer Nähe steht ein Skipper mit karierter Mütze, der in sein Handy brüllt. Und von der Seite nähern sich Tatütata, ein paar Lehrer und jede Menge Schüler.

Hubert schnappt sich das Aufnahmegerät. „He, da müssen wir hin. Eine astreine *Havarie*. Ich hole mir bei Robin ein Fahrrad und komme von der anderen Seite! Ich rolle das Feld von hinten auf!"

Besorgt sagt Emma: „Hoffentlich hat sich niemand verletzt", und rennt dann schnell hinter Hubert her, weil der das Mikrofon vergessen hat.

„Die Jacht liegt auf dem Trockenen!", kommentiert Tom.

„Was passiert, wenn das Wehr komplett schlappmacht? Wird die Bucht dann überschwemmt?", erkundigt sich Silas.

„Na, die ‚Lotse' und die ‚Senfkorn' schwimmen ohnehin, aber es könnte an Bord etwas schaukliger vom Wellengang werden", vermutet Tom.

„Aber das Bootshaus!“, fällt Silas plötzlich ein. „Wenn das Wasser ansteigt, schwimmen die Räder davon und die Werkstatt!“

Ohne auf Toms Antwort zu warten, ist Silas schon unterwegs. Er rast zum Schuppen und pfeift leise durch die Zähne. „Pia, Mattis, ihr müsst verschwinden!“, zischt er dann.

„Hast du etwas zu trinken dabei?“, gähnt Pia von oben herunter.

„Das bekommt ihr bald gratis, nämlich Bucht- und Flusswasser. Es gab einen Unfall. Das Bootshaus ist nicht mehr sicher. Nehmt ein paar Sachen, und …“

Und dann? Das weiß Silas auch nicht.

Auf einmal hat er eine Idee. „Los, kommt mit. Zieht euch Jacken an und die Kapuzen über.“ Nervös tritt er von einem Fuß auf den anderen, nimmt eine Zange zur Hand und legt sie wieder fort.

Endlich hebt sich ein Brett über seinem Kopf, und Mattis lässt seine Füße herunterbaumeln. Pia springt hinterher. Sie ist bepackt wie eine Marktfrau.

„Das geht nicht. Das ist zu auffällig!“, stöhnt Silas.

Ungerührt drückt ihm Pia zwei Stofftaschen in die Hand.

„Ich bin doch kein Umzugsunternehmen“, protestiert Silas. Aber sie haben keine Zeit für lange Diskussionen. Die halbe Schule steht versammelt auf der Halbinsel.

Blitzschnell überqueren Mattis, Pia und Silas die Landungsbrücke. An Bord geht Silas voraus und linst vorsichtig in jeden Gang, bevor sie um eine Ecke biegen.

Plötzlich ist Pia verschwunden.

„Sie geht in die Kombüse", verrät Mattis.

Silas kocht fast vor Zorn. Er setzt eine Menge aufs Spiel, um den beiden zu helfen, und die blöde Pia macht, was sie will.

Unruhig wartet er mit Mattis, bis Pia wieder erscheint. Sie hat ein Kuchenstück in der Hand und zieht eine Spur aus Krümeln hinter sich her.

„Bitte sehr, das ist für dich!", erklärt sie großzügig und überreicht ihrem Bruder den Rest.

Und Mattis schiebt das halbe Kuchenstück auf einmal in seinen Mund, der Silas gerade an eine Schublade erinnert.

Sie eilen weiter. Schließlich drückt Silas eine Tür auf, und sie stehen in Annas Kabine. „Wenn ihr leise seid, sollte keinem auffallen, dass ihr jetzt hier wohnt. Anna ist verreist."

„Boah, cool. Ein PC!", jubelt Pia und drückt sofort den Startknopf.

Silas kommen arge Zweifel, ob seine Idee wirklich so großartig war. Aber im Moment hat er keine andere. „Verriegelt die Türen, auch die zum Bad, damit ihr keinen Besuch bekommt."

„Wir brauchen ein geheimes Klopfzeichen", sagt Mattis mit leuchtenden Augen. „Wenn du zu uns willst!"

„Blödsinn", wiegelt Pia ab. „Gut, dass wir die Fahrkarte zurückgegeben haben. Jetzt wohnen wir in einer Luxuskabine mit richtigem Bett."

„Koje", verbessert Silas automatisch.

„Da schlafe ich drin", bestimmt Pia. „Du pennst auf dem Sofa, Mattis." Die beiden Geschwister fangen an zu streiten.

„Psst, ihr müsst ruhig sein. Sonst schnappen sie euch", warnt Silas, bevor er sich verkrümelt. Er macht sich auf die

Suche nach Robin. Vielleicht sollten sie die Fahrradwerkstatt heute noch leer räumen und den letzten Kicker aufs Schiff bringen?

Silas nimmt ein Fahrrad und strampelt los, um zur Unfallstelle zu gelangen.

Unterwegs kommt ihm Herr Feuerbach entgegen. „Ah, Silas, leih mir bitte das Rad. Ich muss rasch zur Schule."

„Müssen wir das Bootshaus räumen?", fragt Silas.

„Nein, das hat Zeit. Kannst du einen Aufruf über Radio Ruhest☺rung machen? Wir treffen uns in der Messe. Und einer von euch kann mit dem Megafon von der Brücke die anderen Schüler auf der Halbinsel informieren."

Der Schulleiter schwingt sich auf das Rad. Es ist zu klein für seine langen Beine, und seine Strampelei sieht komisch aus.

Eine halbe Stunde später erzählt Tatütata in der Messe, dass dem Skipper an Bord übel geworden ist. Er hat die Kontrolle über das Schiff verloren und das Wehr gerammt. Das hat Risse abbekommen, und die Jacht ist ziemlich kaputt. Verletzte gibt es glücklicherweise keine.

„Gleich kommt die Feuerwehr. Wir füllen Sandsäcke, die dann vor das Wehr gelegt werden." Tatütata teilt die Schüler in Helfergruppen ein, die abwechselnd schaufeln und Säcke füllen oder sich ausruhen dürfen.

Silas ist in der Versorgungstruppe, die heiße Getränke und Brote für die anderen anschleppt. Ein Tablett bringt er im allgemeinen Getümmel zu Annas Kabine.

Es ist dunkel, als die Arbeit schließlich erledigt ist. Einige Feuerwehrleute bleiben die ganze Nacht vor Ort, um bei Veränderungen sofort helfen zu können. Helle Strahler beleuchten das gestrandete Schiff und das Wehr. Morgen soll versucht werden, die Jacht zurück auf den Fluss zu transportieren.

Als Silas wieder einmal ein Tablett mit Getränken bringt, winkt Herr Feuerbach ihn zu sich und fordert den Skipper, der neben ihm steht, auf: „Greifen Sie zu. Möchten Sie heute bei uns auf dem Schiff übernachten?"

Dann wendet sich der Schulleiter an Silas. „Anna ist noch in der Schweiz, oder? Ihre Kabine ist also frei!"

Silas merkt, dass das Tablett in seiner Hand zu wackeln beginnt. Er denkt an Mattis und Pia.

Der Skipper nimmt rasch einen Becher Tee, bevor das Getränk verschüttet wird. „Nein, danke, Herr Feuerbach. Ich werde gleich von einem Freund abgeholt. Ich muss heute Abend noch einiges mit der Versicherung klären", lehnt er ab.

Erleichtert atmet Silas auf und trollt sich. Seine Füße und Arme tun weh. Er ist unglaublich müde.

Am nächsten Morgen beginnt der Unterricht erst um zehn Uhr, sodass alle Schüler ausschlafen können.

„Ich habe Blasen an den Händen, so groß wie Fußballfelder!", jammert Hubi theatralisch und geht zu Rut, um eine Salbe zu holen.

Silas kann von seinem Platz im Unterrichtsraum zum Wehr schauen. Die Spitze der weißen Jacht ragt noch immer steil in die Bucht. Ein roter Feuerwehrwagen parkt auf der Halbinsel.

Da rammt Robin ihm plötzlich den Ellbogen in die Seite und weist mit dem Kinn auf Tatütata an der Tafel.

Silas wird rot. Er hat nicht gehört, dass der Lehrer ihn gerufen hat. Doch sofort sind seine Gedanken wieder anderswo.

„Wann kommt Anna wieder?“, überlegt er. „Ich muss sie abfangen und warnen. Vielleicht sollte ich ihr eine Nachricht aufs Handy schicken? Oder können Pia und Mattis zurück ins Bootshaus?“

In diesem Moment kassiert er die nächste Ermahnung von Herrn Feuerbach.

„Und warum ist das Leben so unnötig kompliziert?“, stöhnt Silas und reißt seinen Blick von der Jacht los. Wer weiß, ob sich Tatütata sonst noch üblere Wochenendaufgaben ausdenkt.

Anna taucht in der Messe auf, als dort am Nachmittag der Kuchen verspeist und Kakao getrunken wird. Sie wirft ihre Sporttasche in eine Ecke und setzt sich zu Silas, Hubert, Emma und Tom.

„Was läuft?!“, will sie wissen und angelt sich ein Erdbeertörtchen von Silas’ Teller.

Mit vollem Mund bringt Hubert Anna auf den neusten Stand der Dinge.

„Mann, und das passiert ausgerechnet, wenn ich nicht an Bord bin“, stöhnt die Reporterin. Dabei hat sie erst einen Bruchteil aller Neuigkeiten erfahren.

Silas sucht zappelnd eine Möglichkeit, um Anna unter vier Augen zu sprechen. Beim Kombüsendienst nimmt er sie schließlich am Arm und zieht sie in den Kühlraum.

„Hat dein Hirn in meiner Abwesenheit Schaden genommen?“, fragt Anna bibbernd.

Silas schüttelt den Kopf, während er automatisch die Regale mustert, auf denen lauter Köstlichkeiten aufgereiht sind. Krampfhaft überlegt er, wo er mit seinem Bericht beginnen soll.

„Ich habe das Phantom geschnappt. Deshalb hast du deine Fahrkarte wieder“, platzt er nun ungefiltert heraus. Dann berichtet er hastig von Mattis und Pia und wo sie jetzt sind.

Anna bleibt vor Staunen der Mund offen stehen. „Und du hast niemandem von den beiden erzählt? Sie hausen in *meiner* Kabine?!“ Das kluge Mädchen kann es nicht fassen.

„Wenn wir gleich in meine Kabine gehen, erzähle ich dir noch mehr. Wir müssen uns etwas einfallen lassen“, setzt Silas nach, als sie fluchtartig den Kühlraum verlassen.

„Warum habt ihr so rote Nasen?“, wundert sich Emma, die gerade die Kombüse mit einem Wagen voll benutztem Geschirr betritt.

„Wir üben für einen Tauchgang im kalten Wasser, um die Jacht zu bergen“, kontert Silas schlagfertig.

Emma betrachtet ihn aus zusammengekniffenen Augen. „Anna, diesem Typ kann man nicht über den Weg trauen. Der ist total komisch und hinterlistig.“ Sie will eine ganze Rede vom Stapel lassen, doch Anna winkt ab.

„Lass uns die Teller säubern, sonst verbringen wir das ganze Wochenende in der Kombüse.“

22. Eine Lösung muss her

Silas ist wirklich froh, dass Anna zurück ist, obwohl er ihr den dicksten Brocken noch gar nicht erzählen konnte. Am Freitag haben die Mädels ihren Abend, und Silas muss sich widerwillig trollen.

Früh am nächsten Morgen klopft es an Silas' Kabinentür. Der Junge springt aus der Koje und öffnet: Vor ihm steht Anna, die sich genervt die kurzen Haare zurechtstrubbelt.

„Mattis muss umziehen. Zu dir!“, fordert sie.

„Da trampelt Hubi alle naselang rein“, widerspricht Silas. „Egal, ich muss dir noch etwas anderes erzählen. Wenn uns keine Lösung einfällt, wohnen wir ohnehin bald nicht mehr gemütlich auf unseren Schiffen.“

Anna versteht nur Bahnhof.

Geduldig setzt Silas nun die Puzzleteile seiner Ermittlungen zusammen und zeigt ihr auf seinem Laptop die Briefe aus Tatütatas Büro.

Als Anna das Foto sieht, wird sie blass. „Nein, das ist nicht wahr! Die können nicht ernsthaft vorhaben, in diese fiese Gegend zu ziehen, oder? Ohne unsere Schiffe? Ohne Wasser?“, stöhnt sie. „Gruselschule oder was, bitte schön, soll das werden? Hast du versucht, etwas über diese Maklerin herauszufinden? Vielleicht ist sie wirklich eine Schwindlerin, wie Herr Lehmann vermutet?“

Silas schüttelt den Kopf. Er ärgert sich selbst über sein Versäumnis, sagt aber zu seiner Verteidigung: „Du weißt nicht, was hier los war. Ich hatte keine ruhige Minute!“

Anna liest die Briefe, schreibt etwas auf einen Block und beschließt dann: „Wir müssen die anderen von Ruhest☺rung informieren. Diese Frau Müller-Schäbig darf auf keinen Fall die Schule verlegen. Und die anderen Pappnasen", Annas Hand weist auf die Kopien der Schriftstücke, „auch nicht. Die sind nicht dicht. Wir wehren uns!"

„Aber von Mattis und Pia sagen wir nichts", verlangt Silas, und Anna nickt widerstrebend.

Wenig später sitzen die fünf Reporter in der Recherche-Ecke, und Silas trägt die Ergebnisse seiner Nachforschungen vor.

Sogar Hubert verschlägt es zunächst die Sprache.

Emma hat Tränen in den Augen. „Wie geht es mit uns bloß weiter?"

„Verstehe ich das richtig? Die Müller-Schäbig will, dass wir ausziehen, weil die Schule zu klein ist? Sie will mehr Schüler aufnehmen, weil irgendwelche Leute Stress machen? Und dieser seltsame Verwaltungsrat, oder wie das heißt, unterstützt sie dabei? Und irgendwelche Sesselpupser von den Behörden ebenfalls? Deshalb kann Tatütata gar nicht anders, als zuzustimmen?", zählt Tom auf.

„Man merkt, dass dein Vater Anwalt ist", foppt Silas halbherzig. „Aber ich glaube, das stimmt so in etwa. Und mehr Geld will sie auch, die Frau Müller-Schäbig."

Die fünf auf der Brücke bekommen nicht mit, dass mit großem Aufwand die Jacht vom Wehr gehoben wird und die Feuerwehr weitere Sandsäcke platziert.

„Warum hast du uns nicht schon vorher von diesem Irrsinn erzählt?", fragt Tom.

Silas zuckt mit den Achseln. „Ihr hattet so viel zu tun."

„Und er hatte Angst, dass ihr ihm nicht glaubt!", setzt Anna nach.

Alle schweigen fassungslos.

„Unsere Brücke", jammert Emma los wie eine Sirene. „Vielleicht können wir die mitnehmen und neu aufbauen."

„Auf dem Hausdach, oder was?", entgegnet Hubert pampig. „Wir ziehen gar nicht erst um. Wir brauchen unsere Schiffe!"

Silas erinnert sich an sein Gebet: Genau so hat er es ebenfalls formuliert. Er traut sich allerdings nicht, davon zu berichten.

Doch Annas Gedanken gehen in die gleiche Richtung. „Wir können dafür beten. Um eine Lösung und dass wir hierbleiben, auf den Schiffen. Die Zeit läuft uns davon!"

„Ist das nicht ein bisschen größenwahnsinnig?", zweifelt Tom.

Anna blickt ihn erstaunt an. „Denk an das winzige Samenkorn des Senfbaumes. Klein fängt es an, vielleicht mit einem Gebet. Jesus hat gesagt, dass wir ihm alles sagen können. Er kann tolle Dinge tun und uns helfen!"

Etwas verlegen beginnen sie nun tatsächlich, miteinander zu beten. Einer nach dem anderen bittet Gott, etwas zu unternehmen. Toms Stimme klingt zunächst heiser, und die sonst so kecke Emma spricht plötzlich so leise, dass man sie kaum verstehen kann.

Aber das ist nicht schlimm, denn im Laufe dieser spontanen Gebetsgemeinschaft macht sich eine spürbare Erleichterung breit.

„Mit Jesus im Boot kann eigentlich nichts schiefgehen", stellt Anna schließlich fest.

Silas denkt erneut an die Frage, die Jesus an seinen Jünger Petrus gerichtet hat: „Petrus, hast du mich lieb?"

Jesus will auch wissen: „Silas, hast du mich lieb?"

Und Silas hat ihm im Stillen gerade eine Antwort gegeben. Sie lautet: „Ja, ich habe dich lieb, und ich vertraue dir. Ich will mit dir leben und mit dir reden, Jesus. Gerade, wenn es schwierig für mich wird. Du bist bei mir und uns allen auf den Schiffen. Darüber bin ich sehr froh."

„Eigentlich müssen alle wissen, was an Bord vorgeht", meint Tom besorgt.

Hubi springt auf: „Das gibt eine Massenpanik!" Er rudert wild mit den Armen.

Anna macht einen Vorschlag: „Wir treffen uns heute Nachmittag wieder. Bis dahin überlegt jeder, was wir gegen den Umzug unternehmen können."

Unruhig verlassen die Reporter schließlich die Brücke. „Hoffentlich läuft mir Tatütata nicht über den Weg. Ich glaube, dem verpasse ich sonst einen linken Haken!", droht Hubert.

„Ziel lieber auf die Nase von der Müller-Schäbig. Die ist so groß und spitz, die kann man nicht verfehlen", schlägt Silas vor.

„Ne, dieser Zinken würde mir alle Knochen in der Hand brechen", winkt Hubi ab.

Silas kann endlich wieder lachen. Es ist eine große Erleichterung, nicht mehr allein über die Probleme nachgrübeln zu müssen. Gemeinsam kann man immer mehr erreichen – erst recht, wenn man miteinander gebetet hat. Auch die Verpflegung für Mattis und Pia lässt sich viel leichter beschaffen, seit Anna mithilft.

Und endlich hat Silas Zeit, mit Robin den restaurierten Kickertisch in die Messe zu tragen. Sie starten sofort ein Trainingsduell gegen Anna und Emma.

„So sieht also eure Vorbereitung zur Lösung der Probleme aus“, kommentiert Hubert sauer und verschwindet.

Doch auch er hat ein paar Stunden später auf der Brücke keine gute Idee, die er präsentieren könnte. Stattdessen ist der Chef vom Dienst so ratlos wie alle Übrigen.

„Okay, kümmern wir uns erst um etwas anderes: Was senden wir am Wochenende?“, fragt Anna übergangslos.

„Ach genau, da war ja noch was! So was wie Radio Ruhest☺rung, der Piratensender! Vor lauter Umzugsstress kommt man zu nichts anderem mehr“, übertreibt Hubert mal wieder. Er scheint etwas ärgerlich zu sein, dass Anna das Kommando übernommen hat.

Tom murmelt: „Wir reden über die Flut, die das Bootshaus bedroht, wenn das Wehr einkracht.“

„Ja, wir bestellen einen Noah, der uns eine Arche baut“, brüllt Hubert, bevor Tom richtig ausgeredet hat.

„Was? Sag das noch einmal“, verlangt Silas.

„Hä? Flut? Piratensender? Schiffe entern?“, schlägt Hubert vor und rollt mit den Augen.

„Und womöglich noch Schiffe kapern“, antwortet Silas aufgeregt. „Nein, das mit Noah! Das ist die Lösung. Wir brauchen noch ein Schiff! Das muss neben der ‚Lotse‘ in der Bucht liegen. Kein Piratenschiff, sondern eine Arche für uns!“

„Ja!“, jubelt Anna. „Wir bauen an. Nur kein Haus aus Steinen, sondern eines, das schwimmen kann und zu uns passt.“

„Na super, und wo sollen wir das herbekommen? Mit der ‚Senfkorn‘ in See stechen, einen Kahn angeln und abschleppen? Oder Bäume fällen und ein Schiff zimmern wie Noah? Schiffe kann man nicht an jeder Ecke kaufen“, sagt Tom missbilligend.

„Es ist nur eine Idee, kein fertiger Plan mit Wegbeschreibung zum Schatz“, kontert Silas.

Nun stecken sie die Köpfe zusammen und tüfteln gemeinsam. Und dann können sie es kaum abwarten, bis Radio Ruhest☺rung endlich auf weltweite Sendung geht. Am Sonntag lassen sie den Regenbogen-Rettungsschirm für ihre Schule aufgehen.

In der Nacht zum Montag findet Silas kaum zur Ruhe, weil er immer wieder an ihre Meldung denkt: Überall konnten die Leute den Beitrag von Radio Ruhest☺rung über die Probleme der Schule und die Anfrage dazu hören.

Silas wälzt sich auf dem Sofa von rechts nach links, während Mattis oben in seiner Koje liegt und selig schlummert. „Hoffentlich kommt Hubi nicht herüber!“, schießt es Silas von Zeit zu Zeit durch den Kopf.

Um sechs Uhr morgens gibt er auf: Er zieht seine Lotsenkluft an und weckt Hubert nebenan. Gemeinsam eilen sie auf die Brücke, wo wenig später auch Emma, Anna und Tom eintreffen. Sie wollen nachsehen, ob es Reaktionen auf die Sendung von gestern gibt.

Hubert startet den Computer und das Mailprogramm.

„Mach schneller!“, quengelt Emma ungeduldig.

„Hier sind wirklich schon Antworten“, wundert sich Hubert gleich darauf. „Wahnsinn, wie fix das ging.“

Er öffnet zwei E-Mails und überfliegt sie rasch. „Hm, dieses Angebot kam drei Stunden später. Aber der Typ wohnt in Neuseeland, das geht nicht. Und die Frau hat einen Wohnwagen mit Schlauchboot. Nein, wir müssen noch Geduld haben“, erklärt er dann.

Silas schaut aus den Fenstern und sieht, wie Herr Feuerbach mit langen Schritten heraneilt. „Was habt ihr angestellt?!“, poltert der Schulleiter aufgebracht, sobald er die Brücke betreten hat.

Silas, Emma, Hubert, Anna und Tom stellen sich nebeneinander auf – wie eine Wand. So fühlen sie sich stärker.

„Die Frage ist eher, was *Sie* gemacht haben, Herr Feuerbach! Sie sorgen gerade dafür, dass die Schiffsschule untergeht“, schießt Hubert zurück.

Tatütata steht nun völlig verdattert vor ihnen. „Wie bitte?! So ist es nicht“, stammelt er überrumpelt. „Wir ziehen nur in ein größeres Haus!“

„In ein verlottertes Ding in einer Drecksgegend“, trumpft Silas auf. „Aber wir wollen nicht von hier weg!“

„Deshalb haben wir gestern im Radio von unseren Schwierigkeiten berichtet“, ergänzt Tom.

„Und gefragt, wer uns ein drittes Schiff zur Verfügung stellt“, setzt Anna einen drauf.

Fassungslos schaut Herr Feuerbach von einem zum anderen. Er rauft sich die Haare. „Ihr habt was?!“, stöhnt er. „Ihr wisst ja gar nicht, was ihr angerichtet habt! Eure Eltern rufen von überallher an. Sie fragen, ob die Schule geschlossen wird. Sie machen sich Sorgen. Ich werde mit Telefonanrufen und E-Mails bombardiert, die mit Vorwürfen und Missbilligung gespickt sind.“

„Und Frau Müller-Schäbig heult gleich“, vermutet Hubert etwas gehässig. „Wir haben ihren Plan vereitelt.“

„Ihr als Schülerradio könnt nicht eigenmächtig so eine gewaltige Anfrage in alle Welt hinausschicken!“, schimpft der Schulleiter.

„Sie hätten es uns doch verboten! Deshalb haben wir gar nicht erst gefragt. Außerdem haben Sie uns Schülern auch nichts von dem Umzug erzählt“, stellt Anna schonungslos fest.

„Das ist etwas anderes“, wiegelt Herr Feuerbach ab.

„Bingo!“, brüllt Hubert plötzlich. Er hat sich an den Computer gesetzt und hämmert nun mit der Faust auf der Tischplatte herum. „Das ist unsere Frau!“

„Sie betreibt eine Schiffsverwertung an unserem Fluss! Dort werden alte Kähne auseinandergeschraubt und verschrottet. Sie hat drei Schiffe, die zu uns passen könnten“, fasst Anna zusammen, die Hubert über die Schulter schaut. „Das ist der Knaller! Und sie hört sonntags regelmäßig unsere Sendung!“

„Ich muss Frau Müller-Schäbig und das Kollegium informieren. Vorher passiert gar nichts! Verstanden?!“, sagt Herr Feuerbach streng.

„Nicht ohne uns“, verlangt Hubert und folgt dem Schulleiter auf die „Senfkorn“.

„Los, wir schnappen uns ein paar Räder und schauen uns die Schiffe an“, schlägt Silas zappelig vor. Er hat keine Lust, endlos lange über Erwachsenen-Probleme zu reden.

„Das ist zu weit“, widerspricht Anna. „Ich habe eine andere Idee. Wir bedanken uns und fragen die Verwertungsfirma, ob sie uns zügig ein paar Fotos schicken.“

23. Ein Geodreieck auf der Brücke

Was Tatütata wohl zu diesen Bildern sagen wird?“, grinst Silas, während sie wenig später ebenfalls hinüber zur „Senfkorn“ stürmen.

Der kommt gar nicht so schnell mit, als Anna, Emma, Tom und Silas ihm die ausgedruckten Fotos von der Schiffsverwertung zeigen.

Gerade erst hat er in der Messe mit den Lehrern gesprochen, da knallt die nächste Neuigkeit mit voller Wucht auf ihn ein. Als nun auch noch sein Handy klingelt, sucht der Schulleiter eine ruhige Ecke auf.

„Wir nehmen den dunkelblauen Katamaran“, schreit Hubert begeistert. Das Schiff sieht wirklich noch toll aus.

„Und es ist garantiert groß genug“, preist auch Anna das Exemplar an.

Die Lehrer wollen die Bilder ebenfalls sehen.

„Der Katamaran wird ordentlich neben der ‚Lotse‘ und der ‚Senfkorn‘ eingeparkt, und dann ist alles in Ordnung“, brüllt Hubi.

Allmählich füllt sich die Messe mit Schülern, die frühstücken wollen.

„Warum hat Radio Ruhest☺rung heute nichts gesendet?“, fragt Robin vorwurfsvoll. „Wie soll ich da wach werden?“

Seine Schwester ist allerdings putzmunter. Sie kreischt: „Das Phantom hat zugeschlagen!“

„Wieso? Ist dein Armreif wieder mal verschwunden?“, fragt Silas belustigt.

„Tu nicht so. Du warst es. Du bist der Hamster, der alle Dinge klaut“, stößt Laura ihre Anschuldigungen laut hervor.

„Entschuldigung, aber das kann nicht sein. Silas war nämlich die ganze Zeit mit uns zusammen!“ Ausgerechnet Emma ergreift für Silas Partei.

Das schockiert Laura so sehr, dass sie verstummt.

Anna und Silas werfen sich einen kurzen Blick zu. Sie müssen etwas unternehmen: Mit Mattis und Pia kann das nicht so weitergehen.

In diesem Moment eilt Herr Feuerbach erneut herbei. Der Kaffee schwappt aus seiner Tasse heraus, weil er sie nicht ruhig genug halten kann. „Frau Müller-Schäbig wird gleich ankommen. Holt sie an der Landungsbrücke ab. Wir gehen in mein Büro“, bestimmt er.

„Sollen wir nicht lieber auf die Brücke gehen?“, schlägt Silas vor. „Dann begreift sie vielleicht, warum wir die Schiffe nicht im Stich lassen können!“

Herr Feuerbach nickt. „Das ist eine gute Idee. Ihr müsst oben aufräumen“, verlangt er.

„Ich warte auf Frau Oberwichtig“, verkündet Hubert eilig, um sich vor der lästigen Aufgabe zu drücken.

Emma, Tom, Silas und Anna ziehen dagegen sofort ab. Sie stapeln die Magazine ordentlich, entsorgen Müll, und Emma bringt sogar Eimer und Feudel, um klebrige Flecken auf dem Kartentisch zu entfernen. Tom wickelt die Kabel auf, und bald ist die Brücke nicht wiederzuerkennen.

„Gleich startet der Unterricht! Aber für uns nicht“, meint Silas zufrieden.

Emma kippt das dreckige Wasser schwungvoll über die Reling. Sie hat gerade die Putzsachen verstaut, da erscheinen Hubi und die Schreckschraube auf der Brücke.

Die Miene der energischen Dame wird immer freundlicher, als sie das Steuerrad sieht und durch die großen Fenster nach draußen blickt. „Das ist wirklich toll hier. Ich wollte schon immer einem Kapitän über die Schulter schauen. Darf ich mich umsehen?"

Die Schüler nicken, und Frau Müller-Schäbig steckt ihre spitze Nase in Schubladen, Fächer und Schränke. „Ihr macht das Schülerradio? Fantastisch!", sagt sie.

„Womit wir beim Thema wären", erklärt Tatütata etwas säuerlich von der Tür her. Auf seine Aufforderung hin setzen sie sich alle in die Recherche-Ecke.

„Warum hat mir denn keiner gesagt, dass ihr Seeleute seid?", fragt Frau Müller-Schäbig. „Wir hätten uns eine Menge Arbeit sparen können. Und ganz ehrlich, Herr Feuerbach: Ich bin auf dem Hinweg zu den Schiffen an diesem Gebäude vorbeigefahren. Und die Umgebung und das Haus selbst haben mich nicht überzeugt. Es läge zwar ganz in der Nähe, aber diese Idee der Maklerin gefällt mir nicht."

Silas und Anna atmen auf. „Das heißt, Herr Lehmann kann erst einmal seinen Laden behalten", flüstert Silas.

„In Ordnung, kommen wir zur praktischen Seite. Ihr habt gestern nach günstigen Schiffen gefragt. Jetzt müssen wir nachhaken, was genau billig heißt. Wie teuer wird ein Schiff? Was muss repariert und umgebaut werden? Das muss alles genau berechnet und geplant werden", erklärt die Schreckschraube.

Ihre Geodreiecknase scheint jedes Problem millimetergenau in seine Bestandteile zu zerlegen.

Für Silas klingt das staubtrocken, doch Hubi und Tom nicken begeistert. „Können wir mithelfen?“, wollen sie wissen.

Damit haben sie Frau Müller-Schäbig eiskalt erwischt. Sie schaut verlegen zu Herrn Feuerbach.

Der nickt. „Warum nicht? Wir bilden ein Planungsteam.“

„Genau, diese Heimlichtuerei ist total dämlich!“, bestätigt Hubert. „Ich kann übrigens super rechnen. Ich bin ein Mathegenie!“

Anna tritt den Chef vom Dienst gegen das Knie. „Hör auf, du Held. Vor der nächsten Klassenarbeit hüpfst du wieder im Sechseck vor Panik!“

Hubert schiebt beleidigt die Lippen zusammen, aber alle Übrigen lachen.

„Der erste Fisch für die Karpfenzucht“, kommentiert Silas.

Plötzlich springt Anna auf und umarmt Silas, der daraufhin ein völlig verblüfftes Gesicht macht. „Ich glaube, die Schule ist gerettet!“, jubelt sie. „Du bist ein cooler Reporter von Radio Ruhest☺rung, der jeder geheimnisvollen Story auf die Spur kommt!“

Silas wechselt die Farbe in seinem Gesicht zu einem knalligen Rot.

„Tomatenzeit!“, witzelt Tom.

Silas gibt sich einen Ruck: „Äh, da wäre noch etwas, Herr Feuerbach, das ich Ihnen sagen muss.“

Der stöhnt.

„Nur eine Kleinigkeit“, fährt Silas hastig fort. „Zwei neue Schüler wohnen seit einiger Zeit quasi schon bei uns. Man nennt sie das Phantom.“

Alle scheinen zeitgleich nach Luft zu schnappen. Dann reden sie durcheinander.

„Ruhe!“, fordert Herr Feuerbach energisch.

Silas berichtet, wobei er versucht, die Begebenheiten in der richtigen Reihenfolge zu sortieren. Das ist bei der Fülle an Ereignissen nicht einfach.

Dass Tatütatas Miene sich immer mehr verfinstert, bemerkt er nicht. Er ist zu konzentriert und froh, die Dinge endlich loszuwerden. Zum Schluss schlägt er vor: „Wir haben gedacht, bis der Katamaran fertig ist, wohnt Pia bei Anna und Mattis in meiner Kabine.“

„Das ist nett, dass ihr mir wenigstens eure Entscheidungen mitteilt“, knurrt Herr Feuerbach. Offenbar steht er kurz vor einem Wutausbruch.

„Vielleicht können sie schon beim Kickerturnier mitmachen? Ach, und Herr Lehmann hat versprochen, seinen Werkzeugkasten mitzubringen, um die Kicker zu reparieren, falls sie während des Turniers kaputtgehen“, sprudelt Silas weitere Neuigkeiten hervor.

Es fühlt sich an, als sei er mit Glück vollgepumpt, so unglaublich erleichtert ist er. Erst, als Anna ihn warnend anblickt, bemerkt er die aufgeladene Stimmung und dass der Schulleiter gleich explodiert. Ängstlich zieht er nun den Kopf ein.

Tatütata holt tief Luft. Bemüht ruhig und beherrscht sagt er dann: „Stopp, Silas. Eines nach dem anderen. Wo sind die beiden blinden Passagiere? Mattis und Pia? Ich muss mit ihnen reden. Und dann mit ihren Eltern. Und mit dir, Silas, spreche ich danach! Klartext! Dieses Kapitel können wir nicht ohne Weiteres abschließen.“

„Ist das eine Drohung?“, erkundigt sich Silas nur geringfügig zerknirscht. „Vom ständigen Kombüsendienst als Strafe könnten mir Schwimmhäute wachsen. Und damit kann ich bestimmt nicht mehr schreiben!“

Herr Feuerbach ist sprachlos.

Und Frau Müller-Schäbig schränkt ein: „Ob das mit dem Katamaran funktioniert, wissen wir noch nicht.“

Da fängt Anna an zu lachen. Sie wedelt mit einem der ausgedruckten Fotos von der Schiffsverwertung in der Luft herum. „Doch, das wird klappen. Schaut mal, welchen Namen der Katamaran trägt. Aus diesem Winkel kann man den Schriftzug lesen!“

Silas angelt sich das Bild und entziffert die Buchstaben zuerst: „Krass!“, ruft er. „Das ist ja super. Der Kahn heißt ‚Paulus‘!“

„Und der echte Paulus ist früher auch manchmal per Schiff auf seinen Missionsreisen unterwegs gewesen“, ergänzt Anna.

„Ja, zusammen mit Silas!“, kichert Tom.

Silas ist überrascht, dass Tom dieses Detail kennt.

Herr Feuerbach schaut die fünf Reporter nacheinander an: „Na, ihr und das Radio tragen auf jeden Fall den richtigen Namen: Ruhest☺rung! Mit euch fünfen bekommt man keine friedliche Minute auf diesen Schiffen!“

24. Die Schwimmbadtester

Gibt es etwas Besseres, als *fast* Sommerferien zu haben und *wirklich* Reporter bei Radio Ruhest☺rung zu sein?“, feiert Hubi den Sonnenschein.

Sie sitzen zu fünft im Heck des Katamarans, wo sich ein Schwimmbecken befindet.

Anna liegt auf einer Luftmatratze im Wasser. Sie lässt sich treiben und balanciert ihren Limobecher elegant in der Hand. Die Sonnenbrille lässt sie ungeheuer elegant aussehen.

Tom schießt Fotos. „Damit wir für die Auswertung des Tests alles parat haben.“

Seit drei Tagen liegt der Katamaran „Paulus“ zwischen der MS Lotse und der MS Senfkorn. Und die Reparaturen und der Umbau zum Schulschiff sind fast beendet. Man hört noch einige Arbeiter, die bohren oder den Hammer schwingen. Mehrere Stege wurden errichtet, und das Wehr ist inzwischen wieder instand gesetzt.

Frau Müller-Schäbig hat mit dem Planungsteam alles gut organisiert und die Umbauarbeiten höchstpersönlich beaufsichtigt.

„Irgendwann halte ich wirklich ein Geodreieck an ihre Nase“, hat Silas gedacht, wenn die Schreckschraube in seiner Nähe aufgetaucht ist. Seit Kurzem wohnt sie vorübergehend auf der MS Senfkorn und fegt wie ein Wirbelwind durch die gesamte Schule.

Anna hat Tatütata klargemacht, dass Radio Ruhest☺rung einen exklusiven Testbericht senden muss. Natürlich in erster

Linie über das Schwimmbecken, das alle gefeiert haben, als der Katamaran in die Bucht gefahren ist.

Darum sind Emma, Silas, Anna, Tom und Hubi nun die ersten Besucher am Pool. Von der Reling des Katamarans führt sogar eine Wasserrutschbahn hinunter in die Bucht.

„Hubi, willst du nicht diesen gestreiften Pullover ausziehen und schwimmen?", erkundigt sich Silas grinsend. „Du läufst sonst heiß, und dein kostbares Hirn brennt durch."

„Nein, nie mehr", beteuert Hubi mit hochrotem Kopf. „Der Pulli gehört zu mir, ohne ihn bin ich nicht komplett."

„Ich schleppe meinen wertvollen kolumbianischen Fußball jedenfalls nicht ständig mit mir herum", sagt Silas. „Das geheimnisvolle Phantom, oder genauer: Mattis und Pia nehmen uns künftig keine Sachen mehr weg! Sie haben alle Dinge zurückgegeben und werden das Geld ersetzen."

Etwas widerstrebend redet Silas weiter. „Und das Kickerturnier haben sie auch gewonnen. Das Team ‚Phantom' hat alle Gegner plattgemacht!"

Die Niederlage im Finale wurmt Silas immer noch ein wenig. Robin und er mussten sich nach hartem Kampf geschlagen geben, Pia und Mattis haben 10 zu 8 gewonnen.

Nach der Siegerehrung hat Pia von ihrem Training erzählt: Sie und Mattis haben nächtelang an den Kickern, die zur Reparatur im Bootshaus standen, geübt.

„Die Liegestühle sind brauchbar, die Wassertemperatur ist zu kühl, der Spaß enorm", zählt Tom auf und notiert diese Dinge auf einer Liste. Dann legt er sie zur Seite, umrundet kritisch das Becken und springt mit Anlauf hinein.

Diese Aktion bringt die Luftmatratze zum Kentern, und Tom entert sie erfreut.

Prustend paddelt Anna zum Rand. Sie klettert aus dem Pool, füllt den Limobecher mit Wasser und gießt ihn über Hubi aus. „Abkühlung!“, kichert sie.

Hubert schnappt empört nach Luft. Sein Pullover klebt an ihm wie Folie. „Du, du …“, brüllt er und rast hinter Anna her. „Du Senfkorn!“, schimpft er schließlich.

Als Anna plötzlich stehen bleibt, kann Hubert gerade noch abbremsen, um eine Havarie zu vermeiden.

„He, wir müssen eine Schiffstaufe vornehmen“, kommandiert Anna und zwinkert ihm zu.

Silas wundert sich. „Der Katamaran trägt doch schon den Namen Paulus!“

„Hm, wir haben aber einen frischgebackenen Reporter bei Radio Ruhest☺rung“, erklärt Hubert.

Erst jetzt bemerkt Silas, dass Tom und Emma ihm auf die Pelle gerückt sind. Er stöhnt.

„Silas, wir sind froh, dass du in unserem Team bist. Hiermit ernennen wir dich zum Blaulicht-Berichterstatter. Du spürst alle geheimnisvollen Dinge auf, die an Bord der drei Schiffe und um sie herum ablaufen. Ahoi und immer eine Handbreit Wasser unter dem Kiel!“, tönt der Chef vom Dienst.

„Aha“, sagt Silas und mustert misstrauisch die anderen, die immer dichter an ihn herankommen.

„Stopp, ich habe verstanden: Ihr wollt mich wieder ins Wasser werfen. Aber diesmal nehme ich lieber die Rutschbahn!“

Mit diesen Worten flitzt er zur Reling und schwingt sich blitzschnell durch die Röhre. Mit einem Platschen landet er in der Bucht. „Super!“, kommentiert er.

Grinsend winkt er seinen Freunden an Bord der „Paulus“ zu. Und schwimmende Schulen findet Silas mittlerweile einfach nur gut.

Ende

Annas und Silas' Logbuch der Seefahrer-Wörter

Ahoi .... Gruß der Seefahrer

Anker .... Ein großer, zweiarmiger Haken an einer langen Kette. Er wird vom Schiff aus auf den Grund eines Gewässers hinabgelassen, um das Schiff an Ort und Stelle zu halten.

Ankerwinde .... Das ist die Vorrichtung, mit der man den Anker hochzieht.

Anlegen .... Das Schiff hält am Kai an.

Auslaufen .... Die Leinen werden gelöst. Das Schiff verlässt den Hafen.

Backbord .... Linke Seite auf einem Schiff in Fahrtrichtung

Besatzung .... Die Mannschaft, die auf einem Schiff arbeitet

Betakeln .... Wenn man jemanden betrügt

Bilge .... So ähnlich wie der Keller im Haus. Liegt im Schiffsrumpf ganz unten. Ausgesprochen wird es „bilch“ oder „biltsch“.

Boje .... Runder, farbiger Ballon, der auf dem Wasser schwimmt und unten am Grund festgemacht wurde. So kann man die Fahrrinne für Schiffe markieren oder auf eine gefährliche Stelle hinweisen.

Bootshaken .... Eine Stange mit einem Haken am Ende, ähnlich einer großen Häkelnadel

Bord … An Bord gehen – wir betreten den Innenraum des Schiffes.

Brücke … Hier arbeitet der Kapitän. Die Brücke ist die Kommando- und Steuerzentrale. Sie liegt meistens oben auf dem Schiff.

Bug … Den vorderen Teil eines Schiffes nennt man Bug.

Bullaugen … Das sind die runden Fenster im Schiff.

Deck … Die Stockwerke eines Schiffes heißen Deck.

Feudel … Ein Lappen

Havarie … Unfälle mit Schiffen

Jacht … Schnelles Boot

Kai … Ein Anlegeplatz am Ufer

Kapitän … Das ist der Chef des Schiffes.

Katamaran … Ein Schiff, das statt einem Rumpf zwei hat, die durch Decksaufbauten miteinander verbunden sind

Kaventsmann … Eine riesige Welle, eine Monsterwelle

Kielholen … Eine Bestrafung der Piraten für schlimme Fehler. Der Missetäter wurde mit Seilen gefesselt und ins Wasser geworfen. An den Seilen wurde er unter dem Schiff durchgezogen. Bei der leichteren Form der Strafe zog man den Verurteilten quer von einer Seite auf die andere, bei der schweren Form von vorne nach hinten.

Kielwasser … Ein Boot zieht beim Fahren eine Spur durch das Wasser. Im Kielwasser schwimmen bedeutet, ganz dicht hinter jemandem sein.

Klabautermann ... Angeblich ein unsichtbarer Schiffskobold, der den Kapitän vor Gefahr warnt

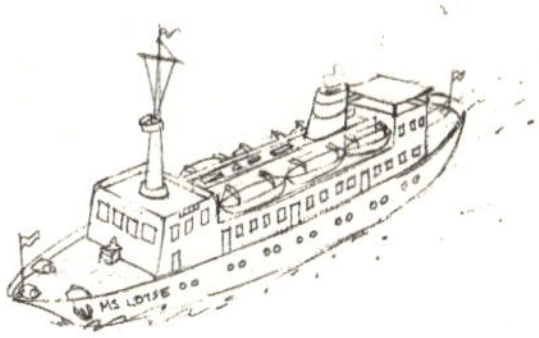

Klüsen .... Die Augen

Kluft .... Kleidung der Seeleute

Koje .... Das Bett an Bord eines Schiffes

Kombüse .... Die Küche an Bord eines Schiffes

Kurs .... Die Fahrtrichtung eines Schiffes

Klar Schiff! .... Der Befehl, dass das Schiff gründlich sauber gemacht werden soll

Krebsen .... Die Ruderblätter schlagen ein Luftloch, statt im Wasser zu bleiben

Landungssteg ..... Schwimmanleger, Schiffsanleger. Man geht vom Ufer darüber bis zum Boot. Das ist meistens eine wackelige Angelegenheit, weil der Anleger auf einer Seite im Wasser schwimmt.

Lotse .... Jemand, der andere durch schwierige Wegstrecken begleitet, weil er mehr Erfahrung und Überblick hat. In der Seefahrt gehen Lotsen an Bord, um dem Kapitän beim Navigieren durch gefährliche oder enge Gewässer zu helfen.

Logbuch .... Das Schiffstagebuch

Mann über Bord! .... Ein Alarmruf, weil jemand ins Wasser gefallen ist

Maid .... Ein Mädchen oder eine junge Frau

Messe .... Der Speiseraum an Bord eines Schiffes

Mole .... Wall, niedriger Damm zum Schutz eines Hafens gegen starke Wellen. Schiffe können dort anlegen.

Navigieren .... Die Planung der Schiffsroute. Das Steuern eines Bootes zum Ziel

Nietenzähler .... Ein Nietenzähler ist ein übergenauer Offizier auf einem Schiff.

Optimist .... Teekesselchen: jemand, der zuerst an das Gute denkt, oder: ein kleines Segelboot für Segelschüler

Poller .... Es sieht aus wie ein großer dicker Pilz aus Eisen. Darum kann man Taue wickeln, z. B. um ein Schiff daran festzumachen.

Prismentüte .... Ein anderes Wort für Fernglas

Reling .... Geländer am Außenrand eines Decks, damit keiner ins Wasser fällt

Schiffshorn .... Die Sirene bzw. Hupe eines Schiffes

Schiffszwieback .. Harte Kekse, die doppelt gebacken und trocken sind. Man kann sie lange aufbewahren, ohne dass sie verderben. Seefahrer haben früher viel Schiffszwieback mit auf ihre langen Reisen genommen.

Schiffbrüchige .... Menschen, die ein Schiffsunglück überlebt haben

Schwanenhals .... Das ist ein gebogenes, dickes Belüftungsrohr aus Metall. Es endet an Deck und sieht aus wie der gebogene Hals eines Schwanes.

Schrubber .... Teekesselchen: eine Bürste mit langem Stiel zum Putzen des Bodens oder: ein Schimpfwort für einen wilden Seemann

Im Schweinsgalopp .... Das ist ein Befehl, sich zu beeilen, schnell fertig zu werden

Seegang .... Der Wind bringt das Wasser in Bewegung.

Seekarten .... So ähnlich wie die Straßenkarte für den Autoverkehr oder ein Atlas. Seekarten braucht man zum Navigieren, also um den richtigen Kurs zu ermitteln.

Seemannsgarn.... Seeleute haben manchmal übertrieben, wenn sie Geschichten über ihre Reise erzählt haben. Sie haben Sachen dazugedichtet oder geflunkert. Das nennt man Seemannsgarn spinnen.

Skipper .... Der Bootsführer eines Sportbootes

Sprotte .... Teekesselchen: ein kleiner Fisch oder: jemand, der noch wenig Erfahrung hat, oder: ein Kind

Steuerbord .... Rechte Seite des Schiffes in Fahrtrichtung

Über die Planke gehen .... Eine Planke ist ein Brett. Es wird vom Schiff ausgelegt. Piraten haben Gefangene gezwungen, über die Planke zu laufen und von dort ins Wasser zu springen.

Wehr .... Das Wasser wird an dieser Stelle gestaut. Man kann Wehre nutzen, um Strom zu gewinnen.

Zeugwäsche machen................ Der Seemann wäscht seine Kluft. Früher, als es noch keine Waschmaschinen an Bord gegeben hat, haben die Seeleute die Arbeitskleidung mit grüner Seife und Bürsten auf dem Boden geschrubbt.